艾青诗集

艾青 著

人民日报出版社

目录
Contents

当黎明穿上了白衣/ 1

阳光在远处/ 2

大堰河——我的保姆/ 3

芦笛/ 8

一个拿撒勒人的死/ 11

太阳/ 18

煤的对话/ 20

春/ 22

生命/ 24

笑/ 26

黎明/ 29

复活的土地/ 32

他起来了/ 34

雪落在中国的土地上/ 36

风陵渡/ 40

北方/ 42

向太阳/ 47

人皮/ 65

黄昏/ 68

我爱这土地/ 69

吹号者/ 70

他死在第二次/ 77

旷野 / 92

树 / 98

农夫 / 99

没有弥撒 / 100

月光 / 102

火把 / 104

刈草的孩子 / 146

抬 / 147

旷野 / 149

荒凉 / 154

篝火 / 155

雪里钻 / 156

太阳的话 / 168

野火 / 169

风的歌 / 171

献给乡村的诗 / 177

人民的城 / 182

维也纳 / 193

一个黑人姑娘在歌唱 / 195

在智利的海岬上 / 197

礁石 / 205

启明星 / 206

下雪的早晨 / 207

光的赞歌 / 209

盆景 / 222

"神秘果" / 224

古罗马的大斗技场 / 226

听,有一个声音…… / 234

失去的岁月/ 242

关于眼睛(两首)/ 244

彩色的诗/ 247

无题/ 251

马赛/ 252

铁窗里/ 258

古宅的造访/ 261

我的季候/ 264

给太阳/ 266

黎明的通知/ 268

鱼化石/ 272

镜子/ 274

帐篷/ 275

希望/ 277

山核桃/ 279

当黎明穿上了白衣

紫蓝的林子与林子之间
由青灰的山坡到青灰的山坡,
绿的草原,
绿的草原,草原上流着
——新鲜的乳液似的烟……

啊,当黎明穿上了白衣的时候,
田野是多么新鲜!
看,
微黄的灯光,
正在电杆上颤栗它的最后的时间。
看!

一九三二年一月二十五日　由巴黎到马赛的路上

阳光在远处

阳光在沙漠的远处,
船在暗云遮着的河上驰去,
暗的风,
暗的沙土,
暗的
旅客的心啊。
——阳光嘻笑地
射在沙漠的远处。

一九三二年二月三日　苏伊士河上

大堰河——我的保姆

大堰河,是我的保姆。
她的名字就是生她的村庄的名字,
她是童养媳,
大堰河,是我的保姆。

我是地主的儿子;
也是吃了大堰河的奶而长大了的
大堰河的儿子。
大堰河以养育我而养育她的家,
而我,是吃了你的奶而被养育了的,
大堰河啊,我的保姆。

大堰河,今天我看到雪使我想起了你:
你的被雪压着的草盖的坟墓,
你的关闭了的故居檐头的枯死的瓦菲,
你的被典押了的一丈平方的园地,
你的门前的长了青苔的石椅,
大堰河,今天我看到雪使我想起了你。

你用你厚大的手掌把我抱在怀里,抚摸我;

在你搭好了灶火之后，
在你拍去了围裙上的炭灰之后，
在你尝到饭已煮熟了之后，
在你把乌黑的酱碗放到乌黑的桌子上之后，
在你补好了儿子们的为山腰的荆棘
　扯破的衣服之后，
在你把小儿被柴刀砍伤了的手包好之后，
在你把夫儿们的衬衣上的虱子
　一颗颗的掐死之后，
在你拿起了今天的第一颗鸡蛋之后，
你用你厚大的手掌把我抱在怀里，抚摸我。

我是地主的儿子，
在我吃光了你大堰河的奶之后，
我被生我的父母领回到自己的家里。
啊，大堰河，你为什么要哭？

我做了生我的父母家里的新客了！
我摸着红漆雕花的家具，
我摸着父母的睡床上金色的花纹，
我呆呆地看着檐头的我不认得的
　"天伦叙乐"的匾，
我摸着新换上的衣服的丝的和贝壳的钮扣，
我看着母亲怀里的不熟识的妹妹，
我坐着油漆过的安了火钵的炕凳，
我吃着碾了三番的白米的饭，
　但，我是这般忸怩不安！因为我

我做了生我的父母家里的新客了。

大堰河,为了生活,
在她流尽了她的乳液之后,
她就开始用抱过我的两臂劳动了,
她含着笑,洗着我们的衣服,
她含着笑,提着菜篮到村边的结冰的池塘去,
她含着笑,切着冰屑悉索的萝卜,
她含着笑,用手掏着猪吃的麦糟,
她含着笑,扇着炖肉的炉子的火,
她含着笑,背了团箕到广场上去
　晒好那些大豆和小麦,
大堰河,为了生活,
在她流尽了她的乳液之后,
她就用抱过我的两臂,劳动了。

大堰河,深爱着她的乳儿;
在年节里,为了他,忙着切那冬米的糖,
为了他,常悄悄地走到村边的她的家里去,
为了他,走到她的身边叫一声"妈",
大堰河,把他画的大红大绿的关云长
　贴在灶边的墙上,
大堰河,会对她的邻居夸口赞美她的乳儿;
大堰河曾做了一个不能对人说的梦:
在梦里,她吃着她的乳儿的婚酒,
坐在辉煌的结彩的堂上,
而她的娇美的媳妇亲切的叫她"婆婆"

……
大堰河,深爱她的乳儿!

大堰河,在她的梦没有做醒的时候已死了。
她死时,乳儿不在她的旁侧,
她死时,平时打骂她的丈夫也为她流泪,
五个儿子,个个哭得很悲,
她死时,轻轻地呼着她的乳儿的名字,
大堰河,已死了,
她死时,乳儿不在她的旁侧。

大堰河,含泪的去了!
同着四十几年的人世生活的凌侮,
同着数不尽的奴隶的凄苦,
同着四块钱的棺材和几束稻草,
同着几尺长方的埋棺材的土地,
同着一手把的纸钱的灰,
大堰河,她含泪的去了。

这是大堰河所不知道的:
她的醉酒的丈夫已死去,
大儿做了土匪,
第二个死在炮火的烟里,
第三,第四,第五
在师傅和地主的叱骂声里过着日子。
而我,我是在写着给予这不公道的世界的咒语。
当我经了长长的飘泊回到故土时,

在山腰里，田野上，
兄弟们碰见时，是比六七年前更要亲密！
这，这是为你，静静的睡着的大堰河
所不知道的啊！

大堰河，今天，你的乳儿是在狱里，
写着一首呈给你的赞美诗，
呈给你黄土下紫色的灵魂，
呈给你拥抱过我的直伸着的手
呈给你吻过我的唇，
呈给你泥黑的温柔的脸颜，
呈给你养育了我的乳房，
呈给你的儿子们，我的兄弟们，
呈给大地上一切的，
我的大堰河般的保姆和她们的儿子，
呈给爱我如爱她自己的儿子般的大堰河。

大堰河，
我是吃了你的奶而长大了的
你的儿子，
我敬你
爱你！

一九三三年一月十四日　雪朝

芦笛

——纪念故诗人阿波里内尔

> j'avais us mirliton que je n' aurais pas échangé contre un bâton de maréchal de France.
>
> ——G. Apollinaire①

我从你彩色的欧罗巴
带回了一支芦笛,
同着它,
我曾在大西洋边
像在自己家里般走着,
如今
你的诗集"Alcool"是在上海的巡捕房里,
我是"犯了罪"的,
在这里
芦笛也是禁物。
我想起那支芦笛啊,
它是我对于欧罗巴的最真挚的回忆,
阿波里内尔君,

---

① 法文:当年我有一支芦笛,拿法国大元帅的节杖我也不换。——阿波里内尔

你不仅是个波兰人
因为你
在我的眼里,
真是一节流传在蒙马特的故事,
那冗长的,
　惑人的,
由玛格丽特震颤的褪了脂粉的唇边
吐出的堇色的故事。
谁不应该朝向那
白里安和俾士麦的版图
吐上轻蔑的唾液呢——
那在眼角里充溢着贪婪,
卑污的盗贼的欧罗巴!
但是,
我耽爱着你的欧罗巴啊,
波特莱尔和兰布的欧罗巴。
在那里,
我曾饿着肚子
把芦笛自矜的吹,
人们嘲笑我的姿态,
因为那是我的姿态呀!
人们听不惯我的歌,
因为那是我的歌呀!
滚吧
你们这些曾唱了《马赛曲》,
而现在正在淫污着那
光荣的胜利的东西!

今天,
我是在巴士底狱里。
不,不是那巴黎的巴士底狱。
芦笛并不在我的身边,
铁镣也比我的歌声更响,
但我要发誓——对于芦笛,
为了它是在痛苦的被辱着,
我将像一七八九年似的
向灼肉的火焰里伸进我的手去!
在它出来的日子,
将吹送出
对于凌侮过它的世界的
毁灭的咒诅的歌。
而且我要将它高高地举起,
以悲壮的 Hymne①
把它送给海,
送给海的波,
粗野的嘶着的
海的波啊!

一九三三年三月二十八日

---

① 法文,颂歌。

一个拿撒勒人的死

> 一粒麦子落在地里不死，仍旧是一粒；
> 若是死了，就结出许多子粒来。
> ——《圣经·新约·约翰福音》十二章

朝向耶路撒冷
"和散那！和散那！"的呼声
像归巢的群鸦般聒叫着
成百成千的群众
拥着那骑在驴背上的拿撒勒人
望宏伟的城门
前进着……
拿撒勒人
在清癯的脸上
露着仁慈的笑容。
那微笑里
他记忆起
昨天在伯大尼的宴席上
当玛利亚
倒了哪哒香膏在他脚背上的时候，
同席的加略人犹大的言语

"这香膏
为什么不卖三十两银子
周济周济穷人呢?"
——他说时,露着狡猾的贪婪的光——
如今
在驴背上的——微笑的
被人们欢呼做"以色列王"的
拿撒勒人,已知道了
他自己在这世界上的
　生命之最后的价格。
逾越节的前晚
在兴腾的餐席上
当那加略人犹大
受了他的遣发
带着钱袋出去之后
他为自己在世之日的短促
以爱的教言遗赠给
那十一个敬慕他的门人
并张开了两臂
申言着:
"荣耀将归于那遭难的人之子的
……不要悲哀,不要懊丧!
我将孤单的回到那
我所来的地方。
一切都将更变
世界呵
也要受到森严的审判

帝王将受谴责

盲者,病者,贫困的人们

将找到他们自己的天国。

朋友们,请信我

凭着我的预言生活去,

看明天

这片广大的土地

和所有一切属于生命的幸福

将从凯撒的手里

归还到那

以血汗灌溉过它的人们的!

……

不要懊丧,不要悲哀!"

穿过黑色之夜

他和他的十一个门徒

经了汲沦溪

进入那惯常聚集的果园里时

看到了

从小径的那边

闪着灯笼和火把的光

兵士,祭司长,法利赛人的差役

随着那加略人犹大

向这边走来……

"拿撒勒人

在哪里?"

——他看到犹大的眼在暗处

　向他固执的窥视着——

于是他走上前去
以手指指着自己的胸脯,说
"是我。"
第二天的黎明
他被拉到彼拉多的前面受着审问
那彼拉多
摸着须子,翻弄着官腔:
"你是被祭司长和耶路撒冷的
长老们所控告的
你诱惑了良民
要拒抗给凯撒的税赋,
你是作乱的魁首
匪徒们的领袖;
你竟说
你能拆毁神的殿宇
这三天之内又建造起你自己的!
你这——
为什么不作声呢?嗯?"
经了苦刑的拷问
这拿撒勒人
坚定地说:
"胜利呵
总是属于我的!"
这时候
无数的犹太民众和祭司长
　和长老们像野狗般嘶叫着:
"把他钉死!

把他钉死!"
他被带进了衙门
那里
兵士们把他的衣服剥去
给他披上了朱红的袍子
给他戴上
用玫瑰花刺做的冠冕
把唾液吐在他的脸上
用鞭子策他的肩膀
大笑的喊着:
"拿撒勒人
恭喜你呵!"
在到哥尔哥察山的道上
兵士们把十字架压在他的肩上
——那是创伤了的肩膀——
苦苦的强迫他背负起来
用苦胆调和的酒
要他去尝。
在他的后面
跟随着一大阵的群众
一半是怀着好奇
一半是带着同情
有些信他的妇女
为他而号啕痛哭
于是他回过头来
断断续续地说:
"耶路撒冷的众女子啊

请不要为我哭泣……"
髑髅地到了!
他被兵士们按到十字架上
从他的手掌和脚背
敲进了四枚长大的钉子……
再把十字架在山坡上竖立起。
他的袍子已被撕成四分
兵士们用它来拈阄:
众人站在远处观望着
有的说他是圣者
有的笑他荒唐
有的摇首冷嘲
"要救人的
如今却不能救自己了。"
落日照着崎岖的山坡
大地无言的默着,
只有原野的远处
传来飓风的吼叫,
整个的苍穹下
聚集着恐怖的云霞……
白日呵,将要去了!
在这最后的瞬间
从地平线的彼方
射出一道巨光
这巨光里映出
三个黑暗的十字架上的
三具尸身——

二个盗匪相伴着
中间的那个
头上钉着一块牌子
那上面
写着三种文字的罪状：
"耶稣，犹太人的王。"

一九三三年六月十六日病中

太阳

从远古的墓茔
从黑暗的年代
从人类死亡之流的那边
震惊沉睡的山脉
若火轮飞旋于沙丘之上
太阳向我滚来……

它以难遮掩的光芒
使生命呼吸
使高树繁枝向它舞蹈
使河流带着狂歌奔向它去

当它来时,我听见
冬蛰的虫蛹转动于地下
群众在旷场上高声说话
城市从远方
用电力与钢铁召唤它

于是我的心胸
被火焰之手撕开

陈腐的灵魂

搁弃在河畔

我乃有对于人类再生之确信

一九三七年春

煤的对话
——A—Y. R. ①

你住在哪里?

我住在万年的深山里
我住在万年的岩石里

你的年纪——

我的年纪比山的更大
比岩石的更大

你从什么时候沉默的?

从恐龙统治了森林的年代
从地壳第一次震动的年代

你已死在过深的怨愤里了么?

---

① 给又然。

死?不,不,我还活着——
请给我以火,给我以火!

一九三七年春

春

春天了
龙华的桃花开了
在那些夜间开了
在那些血斑点点的夜间
那些夜是没有星光的
那些夜是刮着风的
那些夜听着寡妇的咽泣
而这古老的土地呀
随时都像一只饥渴的野兽
舐吮着年轻人的血液
顽强的人之子的血液
于是经过了悠长的冬日
经过了冰雪的季节
经过了无限困乏的期待
这些血迹,斑斑的血迹
在神话般的夜里
在东方的深黑的夜里
爆开了无数的蓓蕾
点缀得江南处处是春了
人问:春从何处来?

我说：来自郊外的墓窟。

一九三七年四月

生命

有时
我伸出一只赤裸的臂
平放在壁上
让一片白垩的颜色
衬出那赭黄的健康

青色的河流鼓动在土地里
蓝色的静脉鼓动在我的臂膀里

五个手指
是五支新鲜的红色
里面旋流着
土地耕植者的血液
我知道
这是生命
让爱情的苦痛与生活的忧郁
让它去担载罢,
让它喘息在
世纪的辛酷的犁轭下,
让它去欢腾,去烦恼,去笑,去哭罢,

它将鼓舞自己
直到颓然地倒下!

这是应该的
依照我的愿望
在期待着的日子
也将要用自己的悲惨的灰白
去衬映出
新生的跃动的鲜红。

一九三七年四月

笑

我不相信考古学家——

在几千年之后,
在无人迹的海滨,
在曾是繁华过的废墟上
拾得一根枯骨
——我的枯骨时,
他岂能知道这根枯骨
是曾经了二十世纪的烈焰燃烧过的?

又有谁能在地层里
寻得
那些受尽了磨难的
牺牲者的泪珠呢?
那些泪珠
曾被封禁于千重的铁栅,
却只有一枚钥匙
可以打开那些铁栅的门,
而去夺取那钥匙的无数大勇
却都倒毙在

守卫者的刀枪下了

如能捡得那样的一颗泪珠
藏之枕畔
当比那捞自万丈的海底之贝珠
更晶莹,更晶莹
而彻照万古啊!

我们岂不是
都在自己的年代里
被钉上了十字架么?
而这十字架
决不比拿撒勒人所钉的
较少痛苦。

敌人的手
给我们戴上荆棘的冠冕
从刺破了的惨白的前额
淋下的深红的血点,
也不曾写尽
我们胸中所有的悲愤啊!
诚然
我们不应该有什么奢望,
却只愿有一天
人们想起我们,
像想起远古的那些
和巨兽搏斗过来的祖先,

脸上会浮上一片
安谧而又舒展的笑——
虽然那是太轻松了,
但我却甘愿
为那笑而捐躯!

一九三七年五月八日

黎明

当我还不曾起身
两眼闭着
听见了鸟鸣
听见了车声的隆隆
听见了汽笛的嘶叫
我知道
你又叩开白日的门扉了……

黎明,
为了你的到来
我愿站在山坡上,
像欢迎
从田野那边疾奔而来的少女,
向你张开两臂——
因为你,
你有她的纯真的微笑,
和那使我迷恋的草野的清芬。

我怀念那:
同着伙伴提了篾篮
到田堤上的豆棚下

采撷豆荚的美好的时刻啊——
我常进到最密的草丛中去,
让露水浸透了我的草鞋,
泥浆也溅满我的裤管,
这是自然给我的抚慰,
我将狂欢而跳跃……

我也记起
在远方的城市里
在浓雾蒙住建筑物的每个早晨,
我常爱在街上无目的地奔走,
为的是
你带给我以自由的愉悦,
和工作的热情。

但我却不愿
看见你罩上忧愁的面纱——
因我不能到田间去了,
也不能在街上奔跑——
一切都沉默着,
望着阴郁的雨滴徘徊在我的窗前
我会联想到:死亡,战争,
和人间一切的不幸……

黎明啊,
要是你知道我曾对你
有比对自己的恋人
更不敢拂逆和迫切的期待啊——

当我在那些苦难的日子,
悠长的黑夜
把我抛弃在失眠的卧榻上时,
我只会可怜地凝视着东方,
用手按住温热的胸膛里的急迫的心跳
等待着你——
我永远以坚苦的耐心,
希望在铁黑的天与地之间
会裂出一丝白线——
纵使你像故意折磨我似的延迟着,
我永不会绝望,
却只以燃烧着痛苦的嘴
问向东方:
"黎明怎不到来?"

而当我看见了你
披着火焰的外衣,
从天边来到阴暗的窗口时啊——
我像久已为饥渴哭泣得疲乏了的婴孩,
看见母亲为他解开裹住乳房的衣襟
泪眼迸出微笑,
心儿感激着,
我将带着呼唤
带着歌唱
投奔到你温煦的怀里。

一九三七年五月二十三日晨

复活的土地

腐朽的日子
早已沉到河底,
让流水冲洗得
快要不留痕迹了;

河岸上
春天的脚步所经过的地方,
到处是繁花与茂草;
而从那边的丛林里
也传出了
忠心于季节的百鸟之
高亢的歌唱。

播种者呵
是应该播种的时候了,
为了我们肯辛勤地劳作
大地将孕育
金色的颗粒。

就在此刻,

你——悲哀的诗人呀,
也应该拂去往日的忧郁,
让希望苏醒在你自己的
久久负伤着的心里:

因为,我们的曾经死了的大地,
在明朗的天空下
已复活了!
——苦难也已成为记忆,
在它温热的胸膛里
重新漩流着的
将是战斗者的血液。

一九三七年七月六日　沪杭路上

他起来了

他起来了——
从几十年的屈辱里
从敌人为他掘好的深坑旁边

他的额上淋着血
他的胸上也淋着血
但他却笑着
——他从来不曾如此地笑过

他笑着
两眼前望且闪光
像在寻找
那给他倒地的一击的敌人

他起来了
他起来
将比一切兽类更勇猛
又比一切人类更聪明

因为他必须如此

因为他
　　必须从敌人的死亡
夺回来自己的生存

一九三七年十月十二日　杭州

雪落在中国的土地上

雪落在中国的土地上,
寒冷在封锁着中国呀……

风,
像一个太悲哀了的老妇,
紧紧地跟随着
伸出寒冷的指爪
拉扯着行人的衣襟,
用着像土地一样古老的话
一刻也不停地絮聒着……

那从林间出现的,
赶着马车的
你中国的农夫
戴着皮帽
冒着大雪
你要到哪儿去呢?

告诉你
我也是农人的后裔——

由于你们的
刻满了痛苦的皱纹的脸
我能如此深深地
知道了
生活在草原上的人们的
岁月的艰辛。

而我
也并不比你们快乐啊
——躺在时间的河流上
苦难的浪涛
曾经几次把我吞没而又卷起——
流浪与监禁
已失去了我的青春的
最可贵的日子,
我的生命
也像你们的生命
一样的憔悴呀

雪落在中国的土地上,
寒冷在封锁着中国呀……

沿着雪夜的河流,
一盏小油灯在徐缓地移行,
那破烂的乌篷船里
映着灯光,垂着头
坐着的是谁呀?

——啊,你
蓬发垢面的少妇,
是不是
你的家
——那幸福与温暖的巢穴——
已被暴戾的敌人
烧毁了么?
是不是
也像这样的夜间,
失去了男人的保护,
在死亡的恐怖里
你已经受尽敌人刺刀的戏弄?

咳,就在如此寒冷的今夜,
无数的
我们的年老的母亲,
都蜷伏在不是自己的家里,
就像异邦人
不知明天的车轮
要滚上怎样的路程……
——而且
中国的路
是如此的崎岖
是如此的泥泞呀。

雪落在中国的土地上,

寒冷在封锁着中国呀……

透过雪夜的草原
那些被烽火所啮啃着的地域，
无数的，土地的垦殖者
失去了他们所饲养的家畜
失去了他们肥沃的田地
拥挤在
生活的绝望的污巷里：
饥馑的大地
朝向阴暗的天
伸出乞援的
颤抖着的两臂。

中国的苦痛与灾难
像这雪夜一样广阔而又漫长呀！
雪落在中国的土地上
寒冷在封锁着中国呀……

中国
我的在没有灯光的晚上
所写的无力的诗句
能给你些许的温暖么？

一九三七年十二月二十八日夜间

风陵渡

风吹着黄土层上的黄色的泥沙
风吹着黄河的污浊的水
风吹着无数的古旧的渡船
风吹着无数渡船上的古旧的布帆

黄色的泥沙
使我们看不见远方
黄河的水
激起险恶的浪
古旧的渡船
载着我们的命运
古旧的布帆
突破了风,要把我们
带到彼岸
风陵渡是险恶的
黄河的浪是险恶的
听呵
那野性的叫喊
它没有一刻不想扯碎我们的渡船
和鲸吞我们的生命

而那潼关啊
潼关在黄河的彼岸
它庄严地
守卫着祖国的平安。

一九三八年初　风陵渡

北方

一天
那个科尔沁草原上的诗人
对我说:
"北方是悲哀的。"

不错
北方是悲哀的。
从塞外吹来的
沙漠风,
已卷去北方的生命的绿色
与时日的光辉
——一片暗淡的灰黄
蒙上一层揭不开的沙雾;
那天边疾奔而至的呼啸

带来了恐怖
疯狂地
扫荡过大地;
荒漠的原野
冻结在十二月的寒风里,

村庄呀,山坡呀,河岸呀,
颓垣与荒冢呀
都披上了土色的忧郁……
孤单的行人,
上身俯前
用手遮住了脸颊,
在风沙里
困苦地呼吸
一步一步地
挣扎着前进……
几只驴子
——那有悲哀的眼
　和疲乏的耳朵的畜生,
载负了土地的
痛苦的重压,
它们厌倦的脚步
徐缓地踏过
北国的
修长而又寂寞的道路……

那些小河早已枯干了
河底也已画满了车辙,
北方的土地和人民
在渴求着
那滋润生命的流泉啊!
枯死的林木
与低矮的住房

稀疏地，阴郁地
散布在灰暗的天幕下；
天上，
看不见太阳，
只有那结成大队的雁群
惶乱的雁群
击着黑色的翅膀
叫出它们的不安与悲苦，
从这荒凉的地域逃亡
逃亡到
绿荫蔽天的南方去了……

北方是悲哀的
而万里的黄河
汹涌着混浊的波涛
给广大的北方
倾泻着灾难与不幸；
而年代的风霜
刻划着
广大的北方的
贫穷与饥饿啊。

而我
——这来自南方的旅客，
却爱这悲哀的北国啊。
扑面的风沙
与入骨的冷气

决不曾使我咒诅；
我爱这悲哀的国土，
一片无垠的荒漠
也引起了我的崇敬
——我看见
我们的祖先
带领了羊群
吹着笳笛
沉浸在这大漠的黄昏里；
我们踏着的
古老的松软的黄土层里
埋有我们祖先的骸骨啊，
——这土地是他们所开垦
几千年了
他们曾在这里
和带给他们以打击的自然相搏斗
他们为保卫土地，
从不曾屈辱过一次，
他们死了
把土地遗留给我们——
我爱这悲哀的国土，
它的广大而瘦瘠的土地
带给我们以淳朴的言语
与宽阔的姿态，
我相信这言语与姿态，
坚强地生活在大地上
永远不会灭亡；

我爱这悲哀的国土,
　　古老的国土
——这国土
养育了为我所爱的
世界上最艰苦
与最古老的种族。

一九三八年二月四日　潼关

向太阳

从远古的墓茔
从黑暗的年代
从人类死亡之流的那边
震惊沉睡的山脉
若火轮飞旋于沙丘之上
太阳向我滚来……
——引自旧作《太阳》

一 我起来

我起来——
像一只困倦的野兽
受过伤的野兽
从狼藉着败叶的林薮
从冰冷的岩石上
挣扎了好久
支撑着上身
睁开眼睛
向天边寻觅……

我——
是一个
从遥远的山地
从未经开垦的山地
到这几千万人
　　用他们的手劳作着
　　用他们的嘴呼嚷着
　　用他们的脚走着的城市来的
　　　旅客,
我的身上
酸痛的身上
深刻地留着
风雨的昨夜的
长途奔走的疲劳

但
我终于起来了
我打开窗
用囚犯第一次看见光明的眼
看见了黎明
——这真实的黎明啊

(远方
似乎传来了群众的歌声)
于是　我想到街上去

二　街上

早安呵

你站在十字街头

　　车辆过去时

　举着白袖子的手的警察

早安呵

你来自城外的

　挑着满箩绿色的菜贩

早安呵

你打扫着马路的

　穿着红色背心的清道夫

早安呵

你提了篮子，第一个到菜场去的

　棕色皮肤的年轻的主妇

我相信

昨夜

你们决不像我一样

　　被不停的风雨所追踪

　　被无止的恶梦所纠缠

你们都比我睡得好啊！

三　昨天

昨天

我在世界上

用可怜的期望
喂养我的日子
像那些未亡人
披着麻缕
用可怜的回忆
喂养她们的日子一样

昨天
我把自己的国土
　　当作病院
——而我是患了难于医治的病的
没有哪一天
我不是用迟滞的眼睛
看着这国土的
　　没有边际的凄惨的生命……
没有哪一天
我不是用呆钝的耳朵
听着这国土的
　　没有止息的痛苦的呻吟

昨天
我把自己关在
精神的牢房里
四面是灰色的高墙
没有声音
我沿着高墙
走着又走着

我的灵魂
不论白日和黑夜
永远的唱着
一曲人类命运的悲歌

昨天
我曾狂奔在
阴暗而低沉的天幕下的
没有太阳的原野
到山巅上去
伏倒在紫色的岩石上
流着温热的眼泪
哭泣我们的世纪

现在好了
一切都过去了

四　日出

太阳出来了……
当它来时……
城市从远方
用电力与钢铁召唤它
——引自旧作《太阳》

太阳
从远处的高层建筑

——那些水门汀与钢铁所砌成的山
和那成百的烟囱
成千的电线杆子
成万的屋顶
所构成的
密丛的森林里
出来了……

在太平洋
在印度洋
在红海
在地中海
在我最初对世界怀着热望
而航行于无边蓝色的海水上的少年时代
我都曾看着美丽的日出
但此刻
在我所呼吸的城市
喷发着煤油的气息
柏油的气息
混杂的气息的城市
敞开着金属的胴体
矿石的胴体
电火的胴体的城市
宽阔地
承受黎明的爱抚的城市
我看见日出
比所有的日出更美丽

五　太阳之歌

是的
太阳比一切都美丽
比处女
比含露的花朵
比白雪
比蓝的海水
太阳是金红色的圆体
是发光的圆体
是在扩大着的圆体

惠特曼
从太阳得到启示
用海洋一样开阔的胸襟
写出海洋一样开阔的诗篇

凡谷
从太阳得到启示
用燃烧的笔
蘸着燃烧的颜色
画着农夫耕犁大地
画着向日葵

邓肯
从太阳得到启示

用崇高的姿态
披示给我们以自然的旋律

太阳
它更高了
它更亮了
它红得像血

太阳
它使我想起　法兰西　美利坚的革命
想起　博爱　平等　自由
想起　德谟克拉西
想起　《马赛曲》　《国际歌》
想起　华盛顿　列宁　孙逸仙
　　　和一切把人类从苦难里拯救出来的
　　　人物的名字

是的
太阳是美的
且是永生的

六　太阳照在

初升的太阳
照在我们的头上
照在我们的久久地低垂着
　　不曾抬起过的头上

太阳照着我们的城市和村庄
照着我们的久久地住着
　屈服在不正的权力下的城市和村庄
太阳照着我们的田野、河流和山峦
照着我们的从很久以来
　到处都蠕动着痛苦的灵魂的
　田野、河流和山峦……

今天
太阳的炫目的光芒
把我们从绝望的睡眠里刺醒了
也从那遮掩着无限痛苦的迷雾里
刺醒了我们的城市和村庄
也从那隐蔽着无边忧郁的烟雾里
刺醒了我们的田野，河流和山峦
我们仰起了沉重的头颅
从濡湿的地面
一致地
向高空呼嚷
"看我们
我们
笑得像太阳！"

七　在太阳下

"看我们
我们

笑得像太阳!"

那边
一个伤兵
支撑着木制的拐杖
沿着长长的墙壁
跨着宽阔的步伐
太阳照在他的脸上
照在他纯朴地笑着的脸上
他一步一步地走着
他不知道我在远处看着他
当他的披着绣有红十字的灰色衣服的
　高大的身体
走近我的时候
这太阳下的真实的姿态
我觉得
比拿破仑的铜像更漂亮

太阳照在
城市的上空

街上的人
这么多,这么多
他们并不曾向我打招呼
但我向他们走去
我看着每一个从我身边走过的人
对他们

我不再感到陌生

太阳照着他们的脸
照着他们的
  光洁的，年轻的脸
  发皱的，年老的脸
  红润的，少女的脸
  善良的，老妇的脸
和那一切的
 昨天还在惨愁着但今天却笑着的脸
他们都匆忙地
摆动着四肢
在太阳光下
来来去去地走着
 ——好像他们被同一的意欲所驱使似的
他们含着微笑的脸
也好像在一致地说着
"我们爱这日子
不是因为我们
 看不见自己的苦难
不是因为我们
 看不见饥饿与死亡
我们爱这日子
是因为这日子给我们
带来了灿烂的明天的
最可信的音讯。"
太阳光

闪烁在古旧的石桥上……

几个少女——
　　那些幸福的象征啊
背着募捐袋
在石桥上
在太阳下
唱着清新的歌
　　"我们是天使
　　健康而纯洁
　　我们的爱人
　　年轻而勇敢
　　有的骑战马
　　驰骋在旷野
　　有的驾飞机
　　飞翔在天空……"
（歌声中断了，她们在向行人募捐）
现在
她们又唱了
　　"他们上战场
　　奋勇杀敌人
　　我们在后方
　　慰劳与宣传
　　一天胜利了
　　欢聚在一堂……"
她们的歌声
是如此悠扬

太阳照着她们的
　骄傲地突起的胸脯
和袒露着的两臂
和发出尊严的光辉的前额
她们的歌
飘到桥的那边去了……

太阳的光
泛滥在街上

浴在太阳光里的
　街的那边
一群穿着被煤烟弄脏了的衣服的工人
扛抬着一架机器
　——金属的棱角闪着白光
太阳照在
　他们流汗的脸上
当他们每一步前进时
他们发出缓慢而沉洪的呼声
　"杭——唷
　　杭——唷
　　我们是工人
　　工人最可怜
　　贫穷中诞生
　　劳动里成长
　　一年忙到头
　　为了吃与穿

吃又吃不饱

　　穿又穿不暖

　　杭——唷

　　杭——唷

　　自从八一三

　　敌人来进攻

　　工厂被炸掉

　　东西被抢光

　　几千万工友

　　饥饿与流亡

　　我们在后方

　　要加紧劳动

　　为国家生产

　　为抗战流汗

　　一天胜利了

　　生活才饱暖

　　杭——唷

　　杭——唷……"

他们带着不止的杭唷声

　　转弯了……

太阳光

泛滥在旷场上

旷场上

成千的穿草黄色制服的士兵

　　在操演

他们头上的钢盔

和枪上的刺刀
闪着白光
他们以严肃的静默
等待着
　　那及时的号令
现在
他们开步了
从那整齐的步伐声里
我听见
　　"一！二！三！四！
　　一！二！三！四！
　　我们是从田野来的
　　我们是从山村来的
　　我们生活在茅屋
　　我们呼吸在畜棚
　　我们耕犁着田地
　　田地是我们的生命
　　但今天
　　敌人来到我们的家乡
　　我们的茅屋被烧掉
　　我们的牲口被吃光
　　我们的父母被杀死
　　我们的妻女被强奸
　　我们没有了镰刀与锄头
　　只有背上了子弹与枪炮
　　我们要用闪光的刺刀
　　抢回我们的田地

回到我们的家乡

消灭我们的敌人

敌人的脚踏到哪里

敌人的血流到哪里……

……

一！二！三！四！

一！二！三！四！

……"

这真是何等的奇遇啊……

八　今天

今天

奔走在太阳的路上

我不再垂着头

　把手插在裤袋里了

嘴也不再吹那寂寞的口哨

不看天边的流云

不彷徨在人行道

今天

在太阳照着的人群当中

我决不专心寻觅

那些像我自己一样惨愁的脸孔了

今天

太阳吻着我昨夜流过泪的脸颊

吻着我被人世间的丑恶厌倦了的眼睛
吻着我为正义喊哑了声音的嘴唇
吻着我这未老先衰的
啊!快要佝偻了的背脊

今天
我听见
太阳对我说
　"向我来
　从今天
　你应该快乐些呵……"

于是
被这新生的日子所蛊惑
我欢喜清晨郊外的军号的悠远的声音
我欢喜拥挤在忙乱的人丛里
我欢喜从街头敲打过去的锣鼓的声音
我欢喜马戏班的演技
　当我看见了那些原始的,粗暴的,健康的运动
　我会深深地爱着它们
　——像我深深地爱着太阳一样

今天
我感谢太阳
太阳召回了我的童年了

九　我向太阳

我奔驰
依旧乘着热情的轮子
太阳在我的头上
用不能再比这更强烈的光芒
燃灼着我的肉体
由于它的热力的鼓舞
我用嘶哑的声音
歌唱了：
　"于是，我的心胸
　被火焰之手撕开
　陈腐的灵魂
　搁弃在河畔……"
这时候
我对我所看见　所听见
感到了从未有过的宽怀与热爱
我甚至想在这光明的际会中死去……

一九三八年四月　在武昌

人皮

敌人已败退了——
剩下的是乱石与颓垣
是焚烧过的一片
没有草、没有野花
村野已极荒凉了……
只有那无人走的路边
还留着几棵小树
风吹动着它们
在它们的枝叶间
发出幽微的哀叹的声响……
在一棵小树上
在闪着灰光的叶子的树枝上
倒悬着一张破烂的人皮
涂满了污血的人皮
这人皮
像一件血染的破衣
向这荒凉的土地
披露着无比深长的痛苦……

……这是从中国女人身上剥下的

一张人皮……
不幸的女子啊！
炮火已轰毁了她的家
轰毁了她的孩子，她的亲人
轰毁了她的维系生命的一切
不知是为了不驯从羞辱的戏弄呢
还是为了尊严而倔强的反抗呢
敌人把她处死了——
剥下了她的皮
剥下了无助的中国女人的皮
在树上悬挂着
悬挂着
为的是恫吓英勇的中国人民

无数的苍蝇
就在这人皮上麇集
人皮的下面
是腐烂发臭的一堆
血、肉、泥土，已混合在一起……
而挟着灰色尘埃的风
在把这腐臭的气息
吹送到遥远的、遥远的四方去……

中国人啊，
今天你必须
把这人皮
当作旗帜，

悬挂着

悬挂着

永远地在你最鲜明的记忆里

让它唤醒你——

你必须记住这是中国的土地

这是中国人用憎与爱,

血与泪,生存与死亡所垦殖着的土地;

你更须记住日本军队

法西斯强盗曾在这里经过,

曾占领过这片土地

曾在这土地上

给中国人民以亘古未有的

劫掠,焚烧,奸淫与杀戮!

一九三八年七月三日

黄昏

黄昏的林子是黑色而柔和的
林子里的池沼是闪着白光的
而使我沉溺地承受它的抚慰的风啊
一阵阵地带给我以田野的气息……

我永远是田野气息的爱好者啊……
无论我飘泊在哪里
当黄昏时走在田野上
那如此不可排遣地困惑着我的心的
是对于故乡路上的畜粪的气息
和村边的畜棚里的干草的气息的记忆啊……

一九三八年七月十六日黄昏　武昌

我爱这土地

假如我是一只鸟,
我也应该用嘶哑的喉咙歌唱:
这被暴风雨所打击着的土地,
这永远汹涌着我们的悲愤的河流,
这无止息地吹刮着的激怒的风,
和那来自林间的无比温柔的黎明……
——然后我死了,
连羽毛也腐烂在土地里面。

为什么我的眼里常含泪水?
因为我对这土地爱得深沉……

一九三八年十一月十七日

吹号者

　　好像曾经听到人家说过,吹号者的命运是悲苦的,当他用自己的呼吸磨擦了号角的铜皮使号角发出声响的时候,常常有细到看不见的血丝,随着号声飞出来……
　　吹号者的脸常常是苍黄的……

一

在那些蜷卧在铺散着稻草的地面上的困倦的人群里,
在那些穿着灰布衣服的污秽的人群里,
他最先醒来——
他醒来显得如此突兀
每天都好像被惊醒似的,
是的,他是被惊醒的,
惊醒他的
是黎明所乘的车辆的轮子
滚在天边的声音。

他睁开了眼睛,
在通宵不熄的微弱的灯光里
他看见了那挂在身边的号角,

他困惑地凝视着它
好像那些刚从睡眠中醒来
第一眼就看见自己心爱的恋人的人
一样欢喜——
在生活注定给他的日子当中
他不能不爱他的号角；

号角是美的——
它的通身
发着健康的光彩，
它的颈上
结着绯红的流苏。

吹号者从铺散着稻草的地面上起来了，
他不埋怨自己是睡在如此潮湿的泥地上，
他轻捷地绑好了裹腿，
他用冰冷的水洗过了脸，
他看着那些发出困乏的鼾声的同伴，
于是他伸手携去了他的号角；
门外依然是一片黝黑，
黎明没有到来，
那惊醒他的
是他自己对于黎明的
过于殷切的想望。

他走上了山坡，
在那山坡上伫立了很久，

终于他看见这每天都显现的奇迹：
黑夜收敛起她那神秘的帷幔，
群星倦了，一颗颗地散去……
黎明——这时间的新嫁娘啊
乘上有金色轮子的车辆
从天的那边到来……
我们的世界为了迎接她，
已在东方张挂了万丈的曙光……
看，
天地间在举行着最隆重的典礼……

二

现在他开始了，
站在蓝得透明的天穹的下面，
他开始以原野给他的清新的呼吸
吹送到号角里去，
——也夹带着纤细的血丝么？
使号角由于感激
以清新的声响还给原野，
——他以对于丰美的黎明的倾慕
吹起了起身号，
那声响流荡得多么辽远啊……

世界上的一切，
充溢着欢愉
承受了这号角的召唤……

林子醒了
传出一阵阵鸟雀的喧吵,
河流醒了
召引着马群去饮水,
村野醒了
农妇匆忙地从堤岸上走过,
旷场醒了
穿着灰布衣服的人群
从披着晨曦的破屋中出来,
拥挤着又排列着……

于是,他离开了山坡,
又把自己消失到那
无数的灰色的行列中去。
他吹过了吃饭号,
又吹过了集合号,
而当太阳以轰响的光彩
辉煌了整个天穹的时候,
他以催促的热情
吹出了出发号。

三

那道路
是一直伸向永远没有止点的天边去的,
那道路
是以成万人的脚踩踏着

成千的车轮滚碾着的泥泞铺成的,
那道路
连结着一个村庄又连结一个村庄,
那道路
爬过了一个土坡又爬过一个土坡,
而现在
太阳给那道路镀上了黄金了,
而我们的吹号者
在阳光照着的长长的队伍的最前面,
以行进号
给前进着的步伐
做了优美的拍节……

四

灰色的人群
散布在广阔的原野上,
今日的原野呵,
已用展向无限去的暗绿的苗草
给我们布置成庄严的祭坛了:
听,震耳的巨响
响在天边,
我们呼吸着泥土与草混合着的香味,
却也呼吸着来自远方的烟火的气息,
我们蛰伏在战壕里,
沉默而严肃地期待着一个命令,
像临盆的产妇

痛楚地期待着一个婴儿的诞生,
我们的心胸
从来未曾有像今天这样充溢着爱情,
在时代安排给我们的
——也是自己预定给自己的
生命之终极的日子里,
我们没有一个不是以圣洁的意志
准备着获取在战斗中死去的光荣啊!

五

于是,惨酷的战斗开始了——
无数千万的战士
在闪光的惊觉中跃出了战壕,
广大的,急剧的奔跑
威胁着敌人地向前移动……
在震撼天地的冲杀声里,
在决不回头的一致的步伐里,
在狂流般奔涌着的人群里,
在紧密的连续的爆炸声里,
我们的吹号者
以生命所给与他的鼓舞,
一面奔跑,一面吹出了那
短促的,急迫的,激昂的,
在死亡之前决不中止的冲锋号,
那声音高过了一切,
又比一切都美丽,

正当他由于一种不能闪避的启示
任情地吐出胜利的祝祷的时候,
他被一颗旋转过他的心胸的子弹打中了!
他寂然地倒下去
没有一个人曾看见他倒下去,
他倒在那直到最后一刻
　　都深深地爱着的土地上,
然而,他的手
却依然紧紧地握着那号角;

在那号角滑溜的铜皮上,
映出了死者的血
和他的惨白的面容;
也映出了永远奔跑不完的
　　带着射击前进的人群,
　　和嘶鸣的马匹,
　　和隆隆的车辆……
而太阳,太阳
使那号角射出闪闪的光芒……

听啊,
那号角好像依然在响……

一九三九年三月末

他死在第二次

一　舁床

等他醒来时
他已睡在舁床上
他知道自己还活着
两个弟兄抬着他
他们都不说话

天气冻结在寒风里
云低沉而移动
风静默地摆动树梢
他们急速地
抬着舁床
穿过冬日的林子

经过了烧灼的痛楚
他的心现在已安静了
像刚经过了可怕的恶斗的战场
现在也已安静了一样

然而他的血
从他的臂上渗透了绷纱布
依然一滴一滴地
淋滴在祖国的冬季的路上

就在当天晚上
朝向和他的异床相反的方向
那比以前更大十倍的庄严的行列
以万人的脚步
擦去了他的血滴所留下的紫红的斑迹

二　医院

我们的枪哪儿去了呢
还有我们的涂满血渍的衣服呢
另外的弟兄戴上我们的钢盔
我们穿上了绣有红十字的棉衣
我们躺着又躺着
看着无数的被金属的溶液
和瓦斯的毒气所啮蚀过的肉体
每个都以疑惧的深黑的眼
和连续不止的呻吟
迎送着无数的日子
像迎送着黑色棺材的行列
在我们这里
没有谁的痛苦

会比谁少些的
大家都以仅有的生命
为了抵挡敌人的进攻
迎接了酷烈的射击——
我们都曾把自己的血
流洒在我们所守卫的地方啊……
但今天,我们是躺着又躺着
人们说这是我们的光荣
我们却不要这样啊
我们躺着,心中怀念着战场
比怀念自己生长的村庄更亲切
我们依然欢喜在
烽火中奔驰前进呵
而我们,今天,我们
竟像一只被捆绑了的野兽
呻吟在铁床上
——我们痛苦着,期待着
要到何时呢?

三 手

每天在一定的时候到来
那女护士穿着白衣,戴着白帽
无言地走出去又走进来
解开负伤者的伤口的绷纱布
轻轻地扯去药水棉花
从伤口洗去发臭的脓与血

纤细的手指是那么轻巧
我们不会有这样的妻子
我们的姊妹也不是这样的
洗去了脓与血又把伤口包扎
那么轻巧,都用她的十个手指
都用她那纤细洁白的手指
在那十个手指的某一个上闪着金光
那金光晃动在我们的伤口
也晃动在我们的心的某个角落……
她走了仍是无言地
她无言地走了后我看着自己的一只手
这是曾经拿过锄头又举过枪的手
为劳作磨成笨拙而又粗糙的手
现在却无力地搁在胸前
长在负了伤的臂上的手啊
看着自己的手也看着她的手
想着又苦恼着,
苦恼着又想着,
究竟是什么缘分啊
这两种手竟也被搁在一起?

四　愈合

时间在空虚里过去
他走出了医院
像一个囚犯走出了牢监
身上也脱去笨重的棉衣

换上单薄的灰布制服
前襟依然绣着一个红色的十字
自由,阳光,世界已走到了春天
无数的人们在街上
使他感到陌生而又亲切啊
太阳强烈地照在街上
从长期的沉睡中惊醒的
生命,在光辉里跃动
人们匆忙地走过
只有他仍是如此困倦
谁都不曾看见他——
一个伤兵,今天他的创口
已愈合了,他欢喜
但他更严重地知道
这愈合所含有的更深的意义
只有此刻他才觉得
自己是一个兵士
一个兵士必须在战争中受伤
伤好了必须再去参加战争
他想着又走着
步伐显得多么不自然啊
他的脸色很难看
人们走着,谁都不曾
看见他脸上的一片痛苦啊
只有太阳,从电杆顶上
伸下闪光的手指
抚慰着他的惨黄的脸

那在痛苦里微笑着的脸……

五　姿态

他披着有红十字的灰布衣服
让两襟摊开着，让两袖悬挂着
他走在夜的城市的宽直的大街上
他走在使他感到陶醉的城市的大街上
四周喧腾的声音，人群的声音
车辆的声音，喇叭和警笛的声音
在紧迫地拥挤着他，推动着他，刺激着他，
在那些平坦的人行道上
在那些炫目的电光下
在那些滑溜的柏油路上
在那些新式汽车的行列的旁边
在那些穿着艳服的女人面前
他显得多么褴褛啊
而他却似乎突然想把脚步放宽些
（因为他今天穿有光荣的袍子）
他觉得他是应该
以这样的姿态走在世界上的
也只有和他一样的人才应该
以这样的姿态走在世界上的

然而，当他觉得这样地走着
——昂着头，披着灰布的制服，跨着大步
感到人们的眼都在看着他的脚步时

他的浴在电光里的脸
却又羞愧地红起来了
为的是怕那些人们
已猜到了他心中的秘密——
其实人家并不曾注意到他啊

六　田野

这是一个晴朗的日子
他向田野走去
像有什么向他招呼似的

今天，他的脚踏在
田堤的温软的泥土上
使他感到莫名的欢喜
他脱下鞋子
把脚浸到浅水沟里
又用手拍弄着流水
多久了——他生活在
由符号所支配的日子里
而他的未来的日子
也将由符号去支配
但今天，他必须在田野上
就算最后一次也罢
找寻那向他招呼的东西
那东西他自己也不晓得是什么
他看见了水田

他看见一个农夫
他看见了耕牛
一切都一样啊
到处都一样啊
——人们说这是中国
树是绿了，地上长满了草
那些泥墙，更远的地方
那些瓦屋，人们走着
——他想起人们说这是中国
他走着，他走着
这是什么日子呀
他竟这样愚蠢而快乐
年节里也没有这样快乐呀
一切都在闪着光辉
到处都在闪着光辉
他向那正在忙碌的农夫笑
他自己也不晓得为什么笑
农夫也没有看见他的笑

七　一瞥

沿着那伸展到城郊去的
林荫路，他在浓蓝的阴影里走着
避开刺眼的阳光，在阴暗里
他看见：那些马车，轻快地
滚过，里面坐着一些
穿得那么整齐的男女青年

从他们的嘴里飘出笑声
和使他不安的响亮的谈话
他走着，像一个衰惫的老人
慢慢地，他走近一个公园
在公园的进口的地方
在那大理石的拱门的脚旁
他看见：一个残废了的兵士
他的心突然被一种感觉所惊醒
于是他想着：或许这残废的弟兄
比大家都更英勇，或许
他也曾愿望自己葬身在战场
但现在，他必须躺着呻吟着
呻吟着又躺着
过他生命的残年
啊，谁能忍心看这样子
谁看了心中也要烧起了仇恨
让我们再去战争吧
让我们在战争中愉快地死去
却不要让我们只剩了一条腿回来
哭泣在众人的面前
伸着污秽的饥饿的手
求乞同情的施舍啊！

八　递换

他脱去了那绣有红十字的灰布制服
又穿上了几个月之前的草绿色的军装

那军装的血渍到哪儿去了呢
而那被子弹穿破的地方也已经缝补过了
他穿着它,心中起了一阵激动
这激动比他初入伍时的更深沉
他好像觉得这军装和那有红十字的制服
有着一种永远拉不开的联系似的
他们将永远穿着它们,递换着它们
是的,递换着它们,这是应该的
一个兵士,在自己的
祖国解放的战争没有结束之前
这两种制服是他生命的旗帜
这样的旗帜应该激剧地
飘动在被践踏的祖国的土地上……

九　欢送

以接连不断的爆竹声作为引导
以使整个街衢都激动的号角声作为引导
以挤集在长街两旁的群众的呼声作为引导
让我们走在众人的愿望所铺成的道上吧
让我们走在从今日的世界到明日的世界的道上吧
让我们走在那每个未来者都将以感激来追忆的
　道上吧
我们的胸膛高挺
我们的步伐齐整
我们在人群所砌成的短墙中间走过
我们在自信与骄傲的中间走过

我们的心除了光荣不再想起什么
我们除了追踪光荣不再想起什么
我们除了为追踪光荣而欣然赴死不再
　　想起什么……

十　一念

你曾否知道
死是什么东西？
——活着，死去，
虫与花草
也在生命的蜕变中蜕化着……
这里面，你所能想起的
是什么呢？
当兵，不错，
把生命交给了战争
死在河畔！
死在旷野！
冷露凝冻了我们的胸膛
尸体腐烂在野草丛里
多少年代了
人类用自己的生命
肥沃了土地
又用土地养育了
自己的生命
谁能逃避这自然的规律
——那么，我们为这而死

又有什么不应该呢?

背上了枪

摇摇摆摆地走在长长的行列中

你们的心不是也常常被那

比爱情更强烈的什么东西所苦恼吗?

当你们一天出发了,走向战场

你们不是也常常

觉得自己曾是生活着,

而现在却应该去死

——这死就为了

那无数的未来者

能比自己生活得幸福么?

一切的光荣

一切的歌赞

又有什么用呢?

假如我们不曾想起

我们是死在自己圣洁的志愿里?

——而这,竟也是如此不可违反的

民族的伟大的意志呢?

十一 挺进

挺进啊,勇敢啊

上起刺刀吧,兄弟们

把千万颗心紧束在

同一的意志里:

为祖国的解放而斗争呀!

什么东西值得我们害怕呢——
当我们已经知道为战斗而死是光荣的?
挺进啊,勇敢啊
朝向炮火最浓密的地方
朝向喷射着子弹的堑壕
看,胆怯的敌人
已在我们驰奔直前的步伐声里颤抖了!
挺进啊,勇敢啊
屈辱与羞耻
是应该终结了——
我们要从敌人的手里
夺回祖国的命运
只有这神圣的战争
能带给我们自由与幸福……
挺进啊,勇敢啊
这光辉的日子
是我们所把握的!
我们的生命
必须在坚强不屈的斗争中
才能冲击奋发!
兄弟们,上起刺刀
勇敢啊,挺进啊!

十二　他倒下了

竟是那么迅速
不容许有片刻的考虑

和像电光般一闪的那惊问的时间
在燃烧着的子弹
第二次——也是最后一次呵——
穿过他的身体的时候
他的生命
曾经算是在世界上生活过的
终于像一株
被大斧所砍伐的树似的倒下了
在他把从那里可以看着世界的窗子
那此刻是蒙上喜悦的泪水的眼睛
永远关闭了之前的一瞬间
他不能想起什么
——母亲死了
又没有他曾亲昵过的女人
一切都这么简单

一个兵士
不晓得更多的东西
他只晓得
他应该为这解放的战争而死
当他倒下了
他也只晓得
他所躺的是祖国的土地
——因为人们
那些比他懂得更多的人们
曾经如此告诉过他

不久,他的弟兄们
又去寻觅他
——这该是生命之最后一次的访谒
但这一次
他们所带的不再是昇床
而是一把短柄的铁铲

也不曾经过选择
人们在他所守卫的
河岸不远的地方
挖掘了一条浅坑……

在那夹着春草的泥土
覆盖了他的尸体之后
他所遗留给世界的
是无数的星布在荒原上的
可怜的土堆中的一个
在那些土堆上
人们是从来不标出死者的名字的
——即使标出了
又有什么用呢?

一九三九年春末

旷野

薄雾在迷蒙着旷野啊……

看不见远方——
看不见往日在晴空下的
天边的松林,
和在松林后面的
迎着阳光发闪的白垩岩了;
前面只隐现着
一条渐渐模糊的
灰黄而曲折的道路,
和道路两旁的
乌暗而枯干的田亩……

田亩已荒芜了——
狼藉着犁翻了的土块,
与枯死的野草,
与杂在野草里的
腐烂了的禾根;
在广大的灰白里呈露出的
到处是一片土黄,暗赭,

与焦茶的颜色的混合啊……
——只有几畦萝卜，菜蔬
以披着白霜的
稀疏的绿色，
点缀着
这平凡，单调，简陋
与卑微的田野。

那些池沼毗连着，
为了久旱
积水快要枯涸了；
不透明的白光里
弯曲着几条淡褐色的
不整齐的堤岸；
往日翠茂的
水草和荷叶
早已沉淀在水底了；
留下的一些
枯萎而弯曲的枝杆，
呆然站立在
从池面徐缓地升起的水蒸气里……

山坡横陈在前面，
路转上了山坡，
并且随着它的起伏
而向下面的疏林隐没……
山坡上，

灰黄的道路的两旁,
感到阴暗而忧虑的
只是一些散乱的墓堆,
和快要湮埋了的
黑色的石碑啊。

一切都这样地
静止,寒冷,而显得寂寞……

灰黄而曲折的道路啊!
人们走着,走着,
向着不同的方向,
却好像永远被同一的影子引导着,
结束在同一的命运里;
在无止的劳困与饥寒的前面
等待着的是灾难,疾病与死亡——
彷徨在旷野上的人们
谁曾有过快活呢?

然而
冬天的旷野
是我所亲切的——
在冷彻肌骨的寒霜上
我走过那些不平的田塍,
荒芜的池沼的边岸,
和褐色阴暗的山坡,
步伐是如此沉重,直至感到困厄

——像一头耕完了土地
带着倦息归去的老牛一样……

而雾啊——
灰白而混浊，
茫然而莫测，
它在我的前面
以一根比一根更暗淡的
电杆与电线，
向我展开了
无限的广阔与深邃……

你悲哀而旷达，
辛苦而又贫困的旷野啊……

没有什么声音，
一切都好像被雾窒息了；
只在那边
看不清的灌木丛里
传出了一片
畏慑于严寒的
抖索着毛羽的
鸟雀的聒噪……

在那芦蒿和荆棘所编的篱围里
几间小屋挤聚着——
它们都一样地

以墙边柴木的凌乱,
与竹竿上垂挂的褴褛,
叹息着
徒然而无终止的勤劳;
又以凝霜的树皮盖的屋背上
无力地混合在雾里的炊烟,
描画了
不可逃避的贫穷……

人们在那些小屋里
过的是怎样惨淡的日子啊……
生活的阴影覆盖着他们……
那里好像永远没有白日似的,
他们和家畜呼吸在一起,
——他们的床榻也像畜棚啊;
而那些破烂的被絮,
就像一堆泥土一样的
灰暗而又坚硬啊……

而寒冷与饥饿,
愚蠢与迷信啊,
就在那些小屋里
强硬地盘据着……

农人从雾里
挑起簸箩走来,
簸箩里只有几束葱和蒜;

他的毡帽已破烂不堪了，
他的脸像他的衣服一样污秽，
他的冻裂了皮肤的手
插在腰束里，
他的赤着的脚
踏着凝霜的道路，
他无声地
带着扁担所发出的微响，
慢慢地
在蒙着雾的前面消失……

旷野啊——
你将永远忧虑而容忍
不平而又缄默么？

薄雾在迷蒙着旷野啊……

一九四〇年一月三日晨

树

一棵树,一棵树
彼此孤立地兀立着
风与空气
告诉着它们的距离

但是在泥土的覆盖下
它们的根伸长着
在看不见的深处
它们把根须纠缠在一起

一九四〇年春

农夫

你们是从土地里钻出来的么?——
脸是土地的颜色
身上发出土地的气息
手像木桩一样粗拙
两脚踏在土地里
像树根一样难于移动啊

你们阴郁如土地
不说话也像土地
你们的愚蠢,固执与不驯服
更像土地呵

你们活着开垦土地,耕犁土地,
死了带着痛苦埋在土地里
也只有你们
才能真正地爱着土地

一九四〇年四月

没有弥撒

"我是最后的田园诗人"吗?
不!
让那个可怜的耶勒善的农民
跟了他的弥撒
到赤杨树的下面去吧!

不需要什么祈祷,
旷野是和我一样的无神论者
(就是灾难到来时也决不向雕像哭泣的)
等你们都死光了
它仍旧悲哀而旷达地躺在这里。

把愚蠢与顽强
像马铃薯一样埋到泥土里去吧;
也不要像一只野狗似的
在荒墓间踯躅,
为死人而哀伤……
我们的新月
依然会叩开我们的窗门;
北方的大熊星
也依然会在早晨向我们请安;

毗连的池沼
岂不是和往昔一样美丽么?
而在灌木林里
鸟群依然在欢呼着太阳……

太阳! 没有比它更爽朗的:
它每天伸出转动机轮的臂向我们招手!
又以光焰的嘴
给我说着
Materialism dialectic① 的真理。

让顽固的叶遂宁
看着那"铁的生客"而痉挛吧;
我们要策着世纪的骏马
在这旷野上驰骋!

而且,新的诗人
将从这里经过
他们将在列车窗口吟诵诗篇;
他们也将感兴于几何学
——你看
那一片云的边缘
不像米突尺所画的一样平直吗?
没有弥撒。

一九四〇年四月四日　湘南

---

① 英文,唯物辩证法。

月光

把轻轻的雾撒下来
把安谧的雾撒下来
在褐色的地上敷上白光
月明的夜是无比的温柔与宽阔的啊

给我的灵魂以沐浴
我在寒冷的空气里走着
穿过那些石子铺的小巷
闻着田边腐草堆的气息

那些黑影是些小屋
困倦的人们都已安眠了
没有灯光　静静地
连鼾声也听不见

我走过它们面前
温柔地浮起了一种想望
我想向一切的门走去
我想伸手叩开一切的门

我想俯嘴向那些沉睡者
说一句轻微的话不惊醒他们
像月光的雾一样流进他们的耳朵
说我此刻最了解而且欢喜他们每一个人

一九四〇年四月十五日夜

火把

一 邀

"唐尼　时候到了
快点吧"

"李茵
你坐下
我梳一梳头
换一换衣
…………
你看我的头发
这么乱
　　我的梳子
　　　　哪儿去了?"

"你的梳子
刚才我看见的
它夹在《静静的顿河》里"
"啊　头发都打了结

以后我不再打篮球了
……今天下午
我沿着那小河回来
看见河边搁着
一个淹死了的伤兵
胀着肚子没有人去理会
……今天我一定要倒霉"

"唐尼　时候到了
快点吧"

"好　你别急
我换一换衣
——这制服又忘了烫
算了吧
反正在晚上
……李茵
你看我又胖了
这衣服真太紧
差点儿要挣破
前年在汉口
我也穿了这制服
参加游行的"

"快点吧　时候到了
别再说话"

"李茵　你真急
我还要擦一擦脸
这油光真讨厌——"

"你跑那边去找什么？
找什么？唐尼！
　　你的粉盒
　　　　压在《大众哲学》上
　　你的口红
　　　　躺在《论新阶段》一起。"

"李茵！"

"快点吧　唐尼
七点三刻了"

"好
我穿好鞋子马上跑
到八点集合
来得及"

"我的鞋拔呢？"

"在你哥哥的照像的旁边"

"啊　哥哥
假如你还活着

今晚上
你该多么快活！"

"唐尼
今晚上
你真美丽"

"李茵
你再说我不去了"

"你不去也好
留在家里可以睡觉"

"好了　走吧
妈　你来把门闩上
今晚上
我很迟才回来"
　　　（一个老迈的声音从里面传出）
"尼尼　孩子
今晚上天很黑
别忘了带电筒"

"不要　妈
今晚上
我带火把回来"

二　街上

"今夜的电灯好像
特别亮　你看那街上
这么多人　这么多人！
好像被什么旋风刮出来的
哪儿来的这么多人？
这城市　哪儿来的
这么多人？他们
都到哪儿去？啊　是的
他们也去参加火炬游行……
那些工人　那些女工
那些店员　那些学生
那些壮丁　那些士兵
都来了　都来了
所有的人都来了
我们的校工也来了
我们的号兵也来了
那么多的旗　那么多的标语……
还有那些宣传画　那么大；
红的　白的　黄的　蓝的旗……
领袖们的肖像　被举在空中。
啊　看那边：还要多　还要多
他们跑起来了　都跑起来了，
有的赶不上了　落下了……
你看：那个黄脸的号兵

晃郎着号角气都喘不过来；
那些学生唱起歌来了：
　　起来
　　不愿做奴隶的人们……
他们跑得多么快啊
他们去远了　去远了……"

"唐尼　时间到了
　我们到公共体育场去集合吧
　我们赶快
　从这小巷赶上去！"

三　会场

"她们都到了　她们都到了
赖英的头上打了一个丝结
她们都到了　大家都到了
何慧芳的眼镜在发亮
大家都到了　连那些小的也来了
刘桃芬　康素琴　李娟
啊　你们都来了　我们迟了
我们迟了　我们是从小巷赶来的
台上的煤气灯
照得这会场像白天
你这制服哪儿做的？
同你的身体很合适
我的是前年在汉口做的

太紧了　小得叫人闷气
今晚倒还凉
　　　　　　　毛英华
你的皮鞋擦得好亮
　　　　　啊
那么多工人　那么多　你们看
每只手像一个木榔头
脸上是煤灰　像从烟囱里出来的
他们都瞪着眼在看什么？他们
都张着嘴在等什么？他们
都一动不动的在想什么？他们
朝我们这边看了　朝我们这边看了
那些眼睛像在发怒的
像在发怒的看着我们
啊　我真怕他们那些眼睛
　　　　　　　　　这边
这边全是学生　全是
那个胖家伙跌了跤了
你们看：写信给彭菲灵的
就是他
　　　写信给邓健的
也是他
　　　听说他的体重有两百零五磅
　　　　　　　　　真可怕
这是什么学校的
蠢样子　个个都那么呆
那个打旗的像要哭出来

他们乱了　前面的踏着后面的脚
我们退后面一点　排好

　　　　　　　　李茵哪儿去了？
你看见李茵在哪里？
啊　看见了
　　　　　　她和那抗宣队的在一起
为什么脸上显得那么忧愁
她又笑了　她来了……

李茵来！
　　　　我和你一起！

他们也来了　他也来了
他为什么低着头　像在想着什么？
他也想什么？　那么困苦的想什么？
他抬起头了　他在找……
他看见了　但他又把头低下去
他为什么低着头　像在想着什么？

李茵　你在这里等一下
我去看看他"

"克明　我和你说几句话
克明　你好么？"

"我很好——

你有什么话
请快点说吧"

"我不是要来和你吵架
我问你：
我写了三封信给你　你为什么不理？"

"唐尼　这几天
我正在忙着筹备今夜的大会
而且你的信
只说你有点头痛
只说讨厌这天气
对于这些事我有什么办法呢
而且我已不止劝过你一次……"

"而且
你正忙于交际呢！"

"什么意思？"

"这只有你自己最清楚。"
　　（人们在她和他之间走过
　　又用眼睛看看他们的脸）
"明天再好好谈吧
或者——我写一封长信给你
播音筒已在向台前说话"
　　（一个声音在空气中震动）

"开会!"

四　演说

煤油灯从台上
发光　演说的人站在台上
向千万只耳朵发出宣言。
他的嘴张开　声音从那里出来
他的手举起　又握成拳头
他的拳头猛烈地向下一击
嘴里的两个字一齐落下："打倒!"
他的眼睛在灯光下闪烁
像在搜索他所摹拟的敌人
他的声音慢慢提高
他的感情慢慢激昂
他的心像旷场一样阔宽
他的话像灯光一样发亮
无数的人群站在他的前面
无数的耳朵捕捉他的语言
这是钢的语言　矿石的语言
或许不是语言　是一个
铁锤拼打在铁砧上
也或许是一架发动机
在那儿震响　那声音的波动
在旷场的四周回荡
在这城市的夜空里回荡

这是电的照耀

这是火的煽动

这是煽起火焰的狂风

这是暴怒了的火焰

这是一种太沉重的捶击

每一下都捶在我们的心上

这是一阵雷从空中坠下

这是一阵暴风雨

吹刮过我们所站的旷场

这是一种可怕的预言

这是一种要把世界劈成两半的宣言

这是一种使旧世界流泪忏悔的力量

这不是语言　这是

一架发动机在鸣响

这是一个铁锤击落在铁砧上

这是矿石的声音

这是钢铁的声音

这声音像飓风

它要煽起使黑夜发抖的叛乱

听呵　这悠久而沉洪

喧闹而火烈的

群众的欢呼鼓掌的浪潮……

五　"给我一个火把"

火把从那里出来了
火把一个一个地出来了
数不清的火把从那边来了
美丽的火把
耀眼的火把
热情的火把
金色的火把
炽烈的火把
人们的脸在火光里
显得多么可爱
在这样的火光里
没有一个人的脸不是美丽的
火把愈来愈多了
愈来愈多了　　愈来愈多了
火把已排成发光的队伍了
火把已流成红光的河流了
火光已射到我们这里来了
火光已射到我们的脸上了
你们的脸在火光里真美
你们的眼在火光里真亮
你们看我呀我一定也很美
我的眼一定也射出光彩
因为我的血流得很急
因为我的心里充满了欢喜

让我们跟着队伍走去
跟着队伍到那边去
到那火把出来的地方去
到那喷出火光的地方去
快些去　快些去　快去
去要一个火把……
"给我一个火把!"
"给我一个火把!"
"给我一个火把!"
你们看
我这火把
亮得灼眼啊……

这是火的世界……
这是光的世界……

六　火的出发

"火把的烈焰
赶走了黑夜"
把火把举起来
把火把举起来
把火把举起来
每个人都举起火把来
一个火把接着一个火把
无数的火把跟着火把走

慢慢地走整齐地走
一个紧随着一个
每个都把火把
举在自己的前面
让火光照亮我们的脸
照亮我们的
   昨天是愁苦着
   今天却狂喜着的脸
照亮我们的
   每一个都像
   基督一样严肃的脸
照亮我们的
   昂起着的胸部
   ——那里面激荡着憎与爱的
  血液
照亮我们的脚
    即使脚踝流着血
    也不停止前进的脚
让我们火把的光
照亮我们全体
    没有任何的障碍
    可以阻拦我们前进的全体
照亮我们这城市
和它的淌流过正直人的血的街
照亮我们的街
和它的两旁被炸弹所摧倒的房屋
照亮我们的房屋

和它的崩坍了的墙
和狼藉着的瓦砾堆
让我们的火把
照亮我们的群众
挤在街旁的数不清的群众
挤在屋檐下的群众
站满了广场的群众
让男的　女的　老的　小的
都以笑着的脸
迎接我们的火把

让我们的火把
叫出所有的人
叫他们到街上来
让今夜
这城市没有一个人留在家里

让所有的人
都来加入我们这火的队伍

让卑怯的灵魂
腐朽的灵魂
发抖在我们火把的前面

让我们的火把
照出懦弱的脸
畏缩的脸

在我们火光的监视下
让犹大抬不起头来

让我们每个都成为帕罗美修斯
从天上取了火逃向人间
让我们的火把的烈焰
把黑夜摇坍下来
把高高的黑夜摇坍下来
把黑夜一块一块地摇坍下来

把火把举起来
把火把举起来
把火把举起来
每个人都举起火把来

七 宣传卡车

那被绳子牵着的
是汉奸
    那穿着长袍马褂
戴着瓜皮帽的
是操纵物价的奸商
    那脸上涂了白粉
眉眼下垂 弯着红嘴的
是汪精卫
    那女人似的笑着的

是汪精卫

那个鼻子下有一撮小胡子的
日本军官
    搂着一个
中国农夫的女人
那个女人
像一头被捉住的母羊似的叫着又挣扎着
那军官的嘴
    像饿了的狗看见了肉骨头似的
    张开着
那个女人
    伸出手给那军官一个巴掌
那个汪精卫
    拉上了袖子
    用手指指着那女人的鼻子
    骂了几句
那个汪精卫
    在那军官的前面跪下了
那个汪精卫
    花旦似的
    向那日本军官哭泣
那日本军官
    拍拍他的头又摸摸他的脸
那个汪精卫
    女人似的笑了
他起来坐在那军官的腿上

他给那军官摸摸须子

他把一只手环住了那军官的颈

他的另一只手拿了一块粉红色的手帕

他用那手帕给那军官的脸轻轻地抚摸

那军官的脸是被那女人打红了的

那军官就把他抱得紧紧地

那军官向那汪精卫要他手中的手帕

那军官在汪精卫涂了白粉的脸上香了一下

那汪精卫撒着娇

   把那手帕轻轻地在日本军官的前面抖着

那日本军官一手把那手帕抢了去

那手帕上是绣着一个秋海棠叶的图案的

那军官张开血红的嘴

   大笑着　大笑着

那军官从裤袋里摸出几张钞票

给那个汪精卫

那军官拍拍他的脸

又用嘴再在那脸上香了一下

四个中国兵　走拢来　走拢来

用枪瞄准他们

瞄准那个日本军官　瞄准奸商　汉奸

 瞄准汪精卫

在四个兵一起的

   是工人　农人　学生

他们一齐拥上去

   把那些东西扭打在地上

连那个女人都伸出了拳头
那个农夫又给那个跪着求饶的汪精卫猛烈的一脚
那个学生向着街旁的群众举起了播音筒
"各位亲爱的同胞！我们抗战已经三年！
敌人愈打愈弱　我们愈打愈强
只要大家能坚持抗战！坚持团结！
反对妥协　肃清汉奸
动员民众　武装民众
最后的胜利一定属于我们！"

八　队伍

这队伍多么长啊　多么长
好像把这城市的所有的人都排列在里面
不　好像还要多　还要多
好像四面八方的人都已从远处赶来
好像云南　贵州　热河　察哈尔的都已赶来
好像东三省　蒙古　新疆　绥远的都已赶来
好像他们都约好今夜在这街上聚会
一起来排成队　看排起来有多么长
一起来呼喊　看叫起来有多么响
我们整齐地走着　整齐地喊
每人一个火把　举在自己的前面
融融的火光啊　一直冲到天上
把全世界的仇恨都燃烧起来
我们是火的队伍
我们是光的队伍

软弱的滚开　卑怯的滚开
让出路　让我们中国人走来
昏睡的滚开　打呵欠的滚开
当心我们的脚踏上你们的背
滚开去——垂死者　苍白者
当心你们的耳膜　不要让它们震破
我们来了　举着火把　高呼着
用霹雳的巨响　惊醒沉睡的世界

我们是火的队伍
我们是光的队伍

人愈走愈多　队伍愈排愈长
声音愈叫愈响　火把愈烧愈亮
我们的脚踏过了每一条街每一条巷
我们用火光搜索黑暗
把阴影驱赶
卫护我们前进

我们是火的队伍
我们是光的队伍

这队伍多么长啊　多么长
好像全中国的人都已排列在里面
我们走过了一条街又一条街
我们叫喊一阵又歌唱一阵

我们的声音和火光惊醒了一切
黑夜从这里逃遁了
哭泣在遥远的荒原

九 来

你们都来吧
你们都来参加
不论站在街旁
还是站在屋檐下

你们都来吧
你们都来参加
女人们也来
抱着小孩的也来

大家一起来
一起来参加
来喊口号　来游行
来举起火把

来喊口号　来游行
来举起融融的火把
把我们的愤怒叫出来
把我们的仇恨烧起来

十　散队

我们已走遍了这城市的东南西北
我们已走遍了这城市的大街小巷
"李茵　我们已到这么远的地方。
现在我们得回去　队伍散了……
但是　你看　那些人仍旧在呼唱
他们都已在兴奋里变得癫狂
每个人都激动了　全身的血在沸腾
李茵　刚才火把照着你狂叫着的嘴
我真害怕　好像这世界马上要爆开似的
好像一切都将摧毁　连摧毁者自己也摧毁"

"唐尼　你看见的么　我真激动
好像全身的郁气都借这呼叫舒出了
唐尼　你的脸　也很异样
告诉我　唐尼
当那洪流般的火把摆荡的时候
你曾想起了什么？看见了什么？"

"李茵　那真是一种奇迹——
当我看见那火把的洪流摆荡的时候
的确曾想起了一种东西
看见了一种东西
一种完全新的东西
我所陌生的东西……"

十一　他不在家

"真的　李茵
你见到克明么
在那些走在前面的队伍里
你见到克明么
那些学生没有一刻是安静的
他们把口号叫得那么响
又把火把举得那么高
他们每个都那么高大　那么粗野
好像要把这长街
当作他们的运动场
火把照出他们的汗光
我真怕他们
他们好像已沿着这城墙走远……
但是　李茵
当队伍散开的时候
你见到克明么"

"他一定从那石桥回去了
这里离他住的地方
不是只要转一个弯么
我陪你去看他"

一〇三
一〇五

一〇七号——到了

"打门吧
（TA！TA！TA！）
他不在家"

十二　一个声音在心里响

"你在哪里？你在哪里？
这么大的地方哪儿去找你呢？
这么多的人怎能看到你呢？
这么杂乱的声音怎能叫你呢？

我举着火把来找你
你在哪里？你在哪里？
今夜多么美　你在哪里？
你在哪里？我的脸发烫
我的心发抖　你在哪里？

我举着火把来找你

你在哪里？你在哪里？
这么多人没有一个是你
这么多火把过去都没有你
这么多火光照着的脸都不是你

我举着火把来找你

我要看见你！我要看见你！
我要在火光里看见你……
我要用手指抚摸你的脸　你的发
我的这手指不能抚摸你一次么？

我举着火把来找你
无论如何　我要看见你啊
我要见你　听你一句话
只一句话：'爱与不爱'
你在哪里？你在哪里？"

十三　那是谁

"唐尼　他来了
从十字街口那边转弯
来了。克明来了
你看　前额上闪着汗光
他举着火把走来了……"

"那是谁？那是谁？
和他一起走来的
那是谁？那穿了草绿色的裙装的
女子是谁？那头发短得像马鬃的
女子是谁？那大声地说着话的
又大声地笑着的女子是谁？
那走路时摇摆着身体的

女子是谁？那高高的挺起胸部的
女子是谁？

她在做什么？做什么？
她指手划脚地在做什么？
她在说什么？说什么？
她在和他大声地说着什么？
她在说什么？还是在辩论什么？
你听　她在说什么？那么响：

　　'目前——我们的
　　工作——开展……
　　主观上的弱点——
　　正在克服……
　　目前——我们
　　激烈地批判——
　　残留着的
　　小资产阶级的
　　劣根性……
　　以及——妨碍工作的
　　恋爱……
　　受到了无情的
　　打击！
　　目前——我们的
　　工作——开展……'
他们走近来了……
他们走近来了……李茵——

我们——"
"唐尼　让我
向他们打招呼……"
"不要！
李茵　我头昏
我们从这小巷回去吧"

今夜　你们知道
谁的火把
最先熄灭了
又从那无力的手中
滑下？

十四　劝一

"唐尼　我在火光里
看见了你的眼泪
唐尼　这样的夜
你不感到兴奋么　唐尼
唐尼　你不应该
在大家都笑着的时候哭泣
唐尼　爱情并不能医治我们
却只有斗争才把我们救起　唐尼
你应该记起你的哥哥
才五六年　你应该能够记起
唐尼　不要太渴求幸福
当大家都痛苦的时候

个人的幸福是一种耻辱　唐尼
唐尼　只要我们眼睛一睁开
就看见血肉模糊的一团……
假如你还有热情　还有人性
你难道忍心一个人去享乐？
我们有太多的事情要做
你怎么应该哭　唐尼
你要尊敬你的哥哥
为了他而敛起眼泪
唐尼　你是他的妹妹
如你都忘了他
谁还能记得他呢
唐尼　坐下来
在这河边坐下来
让我好好和你说……"

"李茵
请把你的火把
吹熄吧"

"好的——
我有火柴
随时可以点着它"
"这样
倒舒服些……"

十五　劝二

"我还有好些事要告诉你……"
——《圣经·新约·约翰福音》十六章十二节

"唐尼　现在让我告诉你
我也是哭泣过的　两年前
我曾爱过一个军官
我们一起过了美满的一个月
但他却把我玩了又抛掉了
我曾哭过一个星期
你知道　我是一个人
从沦陷了的家乡跑出来的

　　　（几个人举着火把
　　　　从她们前面过去……）

"认识我的人们
在我幸福时
他们妒忌我
在我不幸时
他们嘲笑我
假如我没有勇气抵抗那些
冷酷的眼和恶毒的嘴
我早已自杀了

"但我很快就把心冷静下来
——我不怨他 我们这年头
谁能怨谁呢 我只是
拼命看书——我给你的那些书
都是那时买的。我变得很快
我很快就胖起来。完全像两个人
心里很愉快。我发现自己身上
好像有一种无穷的力。我非常
渴望工作。我热爱人生——

　　（几个人　举着火把过去）

"生命应该是永远发出力量的机器
应该是一个从不停止前进的轮子
人生应该是
一种把自己贡献给群体的努力
一种个人与全体取得

调协的努力
……我们应该宝贵生命
不要把生命荒废

　　（几个人举着火把
　　　从她们前面过去……）

"我很乐观　因为感伤并不能
把我们的命运改变　唐尼

我工作得很紧张。
我参加了一个团体——
唱歌　演戏　上街贴标语
给伤兵换药　给难民写信
打扫轰炸后的街　缝慰劳袋
我们的团体到过前线
我看见过血流成的小溪
看见过士兵的尸体堆成的小山
我知道了什么叫作'不幸'
足足有一年　我们
在轰炸　突围　夜行军中度过
我生过疥疮　生过疟疾　生过轮癣
我淋过雨　饿过肚子　在湿地上睡眠
但我无论如何苦都觉得快乐
同志们对我很好　我才知道
世界上有比家属更高的感情

"那团体已被解散了　如今
大家都分散在不同的地方
唐尼　我正在打听他们的消息
我想挨过这学期——啊　那旅馆的
电灯一盏盏地熄了……
唐尼　请你记住这句话：
……
只有反抗才是我们的真理
唐尼　克明现在不是很努力么
一个人变坏容易变好难

你如果真的爱他　难道
应该去阻碍他么？
　　　　　　　　唐尼
你是不是真的欢喜他呢？
你欢喜他那样的白脸么？……"

十六　忏悔一

"不要谈起这些吧……
李茵　你的话我懂得。
我感谢你——没有人
曾像你这样帮助过我
李茵我会好起来的

　　　（几个人举着火把
　　　　从她们前面过去……）

"本来　一个商人的女儿
会有什么希望呢？
而且我是在鸦片烟床上
长大的　五年前
我的父亲就要把我许给
一个经理的儿子　那时
我的哥哥刚死了半年。
我只知道哭　母亲和他吵，
过了几个月　他也死了。
他两个死了后

我家里就不再有快乐了。

"前年九月底　我和母亲
从汉口出来　在难民船上
认识了克明　他很殷勤
……不要说起这些吧
这都是我太年轻……
这都是我太安闲……
李茵　年轻人的敌人是
幻想——它用虹一样的光彩
和皂泡一样的虚幻来迷惑你
我就是这样被迷惑的一个……

　　（几个人　举着火把
　　从她们前面过去……）

"李茵　这一夜
我懂得这许多
这一夜　我好像很清醒
我看见了许多　我更看见了
我自己——这是我从来都不曾看见过的

"我来在世界上已经十九个春天
这些年　每到春天　我便
常常流泪　我不知我自己
是怎么会到世界上来的
今天以前　我看这世界

随时都好像要翻过来
什么都好像要突然没有了似的
一个日子带给我一次悸动
生活是一张空虚的网
张开着要把我捕捉
所以我渴求着一种友谊
我将为它而感激一生……
我把它看作一辆车子
使我平安地走过
生命的长途
我知道我是错了……"

　　（几个人举着火把
　　唱着歌
　　从她们前面过去……）

"唐尼　不要太信任'友谊'二个字
而且　你说的'友谊'也不会在恋爱中得到
不要把恋爱看得太神秘
现代的恋爱
女子把男子看作肉体的顾客
男子把女子看作欢乐的商店
现代的恋爱
是一个异性占有的遁词
是一个'色情'的同义语。"

十七　忏悔二

"李茵
这世界太可怕了——
完全像屠场!
贪婪和自私
统治这世界
直到何时呢?"

"唐尼
人类会有光明的一天
'一切都将改变'
那日子已在不远
只要我们有勇气走上去
你的哥哥就是我们的先驱……"

"我的哥哥是那么勇敢
他以自己的信仰决定一切
离开了家　在北方流浪
好几年都没有消息
连被捕时也没有信给家里
他是死在牢狱里的……

"而我
我太软弱了

（十几个人　每人举着火把
　　粗暴地唱着歌
　　从她们的前面过去……）

"这时代
不容许软弱的存在
这时代
需要的是坚强
需要的是铁和钢
而我——可怜的唐尼
除了天真与纯洁
还有什么呢?

"我的存在
像一株草
我从来不敢把'希望'
压在自己的身上

"这时代
像一阵暴风雨
我在窗口
看着它就发抖
这时代
伟大得像一座高山
而我以为我的脚
和我的胆量
是不能越过它的

"但是　李茵　我的好朋友
我会好起来
李茵
你是我的火把
我的光明
——这阴暗的角落
除了你
从没有人来照射
李茵　我发誓
经了这一夜　我会坚强起来的

"李茵
假如我还有眼泪
让我为了忏悔和羞耻
而流光它吧

"李茵
——我怎么应该堕落呢
假如我不能变好起来
我愿意你用鞭子来打我
用石头来钉我！"

"唐尼
天真是没有罪过的。
我们认识虽只半年
但我却比你自己更多的了解你

我看见了'危险'
已隐伏在你的前面。
它已向你打开黑暗的门
欢迎你进去
不　从你身上我看见了我自己
看见了全中国的姊妹
——我背几句诗给你：

　　'命运有三条艰苦的道路
　　第一条　同奴隶结婚
　　第二条　做奴隶儿子的母亲
　　第三条　直到死做个奴隶
　　所有这些严酷的命运
　　罩住俄罗斯土地上的女人'

"我们是中国的女人
比俄国的更不如
我们从来没有勇气
改变我们自己的命运
难道我们永远不要改变么？
自己不改变　谁来给我们改变呢？

　　(在黑暗的深处
　　有几个女人过去
　　她们的歌声
　　撕裂了黑夜的苍穹：

　　　　'感受不自由莫大痛苦
　　　　你光荣的生命牺牲
　　　　在我们坚苦的斗争中
　　　　英勇地抛弃了头颅……')

"这一定是演剧队的那些女演员……
这声音真美……
唐尼　时候不早
我们该回去了"

"好　李茵
今晚我真清醒
今晚我真高兴。
明天起　我要
把高尔基的《母亲》先看完"

"等一等　唐尼
让我把火把点起
……
明天会"

　　　（唐尼举着火把很快地走
　　　　突然她回过头来悠远地叫着：）

"李茵
要不要我陪你回去？"
"不要——

有了火把
我不怕"
"好　那么再见
这火把给你。"

"那么……你自己呢?"

"我是走惯了黑路的——
谢谢你这火把……"

十八　尾声

"妈!
(TA! TA! TA!)
开门吧"
(TA! TA! TA!)
"妈!
开门吧"

"妈!
开门吧"
(TA! TA! TA!)

"孩子
等一下
让我点了灯
天黑得很……"

"妈　你快呀
我带着火把来了"

"孩子
这火把真亮"

"妈　你拿着它
我来关门
你把火把
插在哥哥照像的前面"

　　　（母亲上床　唐尼
　　　呆呆地望着火把
　　　慢慢地　她看定了
　　　那死了五年的青年的照片：)

"哥哥　今夜
你会欢喜吧
你的妹妹已带回了火把
这火把不是用油点燃起来的
这火把　是她
用眼泪点燃起来的……"

"孩子
这火把真亮
照得房子都通红了

你打嚏了——孩子冷了
怎么你的眼皮肿
——哭了?"

"没有。
今晚我很高兴
只是火把的光
灼得我难受……"
"孩子　别哭了
来睡吧
天快要亮了。"

一九四〇年五月一日——四日

刈草的孩子

夕阳把草原燃成通红了。
刈草的孩子无声地刈草,
低着头,弯曲着身子,忙乱着手,
从这一边慢慢地移到那一边……

草已遮没他小小的身子了——
在草丛里我们只看见:
一只盛草的竹篓,几堆草,
和在夕阳里闪着金光的镰刀……

一九四〇年

抬

请你们让开
请你们走在人行道上
让我们把他们抬起来
请你们不要拥挤
请你们站在街旁
让我们把他们抬起来
请你们不要叫嚷
请你们用静默表示悲哀
让我们抬起他们来

这是一个妇人
她的脑盖已被弹片打开
让她闭着眼好好地睡
让她过一阵能慢慢地醒来
让我们抬起她送回她的家
让她的家属用哭泣与仇恨安排

这是一个服务队的队员
灰色的制服上还挂得有他的臂章
你们认识他么——他的脸已蒙上了土灰

无情的弹片打断了他勤劳的臂
请你们让开，请向他表示悲哀
他已为了减少你们的牺牲而被残害

请你们不要挤，这里还有更多的
他们都是伤兵住在伤兵医院里
他们在前方受了伤躺在床上
等着伤好了再上战场
现在无耻的敌人已把医院炸倒
现在他们已受到了更大的创伤

请大家让开
让我们抬起他们来
请大家站在旁边
让我们抬着异床走来
请大家记住
这些都是血债……

一九四〇年六月十一日　重庆

旷野

玉蜀黍已成熟得像火烧般的日子：
在那刚收割过的苎麻的田地的旁边，
一个农夫在烈日下
低下戴着草帽的头，
伸手采摘着毛豆的嫩叶。

静寂的天空下，
千万种鸣虫的
低微而又繁杂的大合唱啊，
奏出了自然的伟大的赞歌；
知了的不息聒噪
和斑鸠的渴求的呼唤，
从山坡的倾斜的下面
茂密的杂木里传来……

昨天黄昏时还听见过的
那窄长的峡谷里的流水声，
此刻已停止了；
当我从阴暗的林间的草地走过时，
只听见那短暂而急促的

啄木鸟用它的嘴
敲着古木的空洞的声音。

阳光从树木的空隙处射下来,
阳光从我们的手扪不到的高空射下来,
阳光投下了使人感激得抬不起头来的炎热
阳光燃烧了一切的生命,
阳光交付一切生命以热情;

啊,汗水已浸满了我的背;
我走过那些用卷须攀住竹篱的
豆类和瓜类的植物的长长的行列,
(我的心里是多么羞涩而又骄傲啊)
我又走到山坡上了,
我抹去了额上的汗
停歇在一株山毛榉的下面——

简单而蠢笨
高大而没有人欢喜的
山毛榉是我的朋友,
我每天一定要来访问,
我常在它的阴影下
无言地,长久地,
看着旷野:
旷野——广大的,蛮野的……
为我所熟识
又为我所害怕的,

奔腾着土地、岩石与树木的
凶恶的海啊……

不驯服的山峦,
像绿色的波涛一样
横蛮地起伏着;
黑色的岩石,
不可排解地纠缠在一起;
无数的道路,
好像是互不相通
却又困难地扭结在一起;
那些村舍
卑微的,可怜的村舍,
各自孤立地星散着;
它们的窗户,
好像互不理睬
却又互相轻蔑地对看着;
那些山峰,
满怀愤恨地对立着;
远远近近的野林啊,
也像非洲土人的鬈发,
茸乱的鬈发,
在可怕的沉默里,
在莫测的阴暗的深处,
蕴藏着千年的悒郁。

而在下面,

在那深陷着的峡谷里，
无数的田亩毗连着，
那里，人们像被山岩所围困似的
宿命地生活着：
从童年到老死，
永无止息地弯曲着身体，
耕耘着坚硬的土地；
每天都流着辛勤的汗，
喘息在
贫穷与劳苦的重轭下……

为了叛逆命运的摆布，
我也曾离弃了衰败了的乡村，
如今又回来了。
何必隐瞒呢——
我始终是旷野的儿子。
看我寂寞地走过山坡，
缓慢地困苦地移着脚步，
多么像一头疲乏的水牛啊；
在我松皮一样阴郁的身体里，
流着对于生命的烦恼与固执的血液；
我常像月亮一样，
宁静地凝视着
旷野的辽阔与粗壮；
我也常像乞丐一样，
在暮色迷蒙时
谦卑地走过

那些险恶的山路；
我的胸中，微微发痛的胸中，
永远地汹涌着
生命的不羁与狂热的欲望啊！
而每天，
当我被难于抑止的忧郁所苦恼时，
我就仰卧在山坡上，
从山毛榉的阴影下
看着旷野的边际——
无言地，长久地，
把我的火一样的思想与情感
溶解在它的波动着的
岩石，阳光与雾的远方……

一九四〇年七月八日　四川

荒凉

那边的山上没有树
那边的地上没有草
那边的河里没有水
那边的人没有眼泪

一九四〇年八月二十九日

篝火

黄昏降落到我们的旷野，
快乐的火焰就升起了——
它在黝黑的树林下面，
闪耀着炫眼的红光……

白色的烟像夜间的雾，
迷漫了山谷和树林，
跟随着秋天晚上的风
徐缓地流散到远方……

在白烟的树林里，
在篝火的照耀里，
映着几个农夫和农妇
背负着收获物晚归的暗影。

一九四〇年八月三十日夜

雪里钻

一

二月大雪后的黄昏
城里的别动队来了电话,
"今天晚上十一点钟
敌人有一列军火车
自北平开到保定。"

弟兄们检查着枪支,
扳动着枪机,
把子弹塞满了枪膛,
把子弹带捆在腰上,
夹带着亲热的戏谑,
重新扎紧了绑腿。

团长来邀我参加夜袭,
他拉我到骑兵班去,
在那成排的马群里,
他指给我一匹黑马。

像年轻人看见漂亮的女人似的,
心里激荡着欢喜。
这黑马俊秀而机敏,
乌黑发亮的身体,
像裹住了黑缎似的光滑;
两只耳朵直竖着,
好像两个新削的黑漆的竹筒;
四条腿直立着,
稳定像四根钢柱;
脚蹄洁白,干净,
好像上面沾满了白雪。

它肃静地站在夜色里,
全身的黑毛映着雪光,
好像随时都在警戒着;
假如不是它的耳朵在翻动
和它的眼睛在闪瞬,
你会以为它是一个
为纪念英雄而铸造的马像。
团长用手抚着它的下巴,
在石槽上划亮了火柴,
抽了几口旱烟,
他取下了烟斗
告诉我说:
"这是察哈尔种,
在密尔斯草原

度过了四个春天,
一个辗转在塞外的
年轻的男方人
把它带到太行山来……"

团长是欢喜沉默的,
今天他却说话了:
"这黑马虽然暴躁,
却很耐劳,
能跳过二丈宽的深沟,
曾经有三个骑者被它摔死,
但每当它的主人危难时,
它一定固守在一起。
因为它的四个白蹄,
人们叫它'雪里钻'。
和它作战在一起,
没有一次不胜利。
现在,我们要出发了,
我把它送给你。"

二

我跨上了马鞍,
在队伍里向东方前进。
马群在疾进中扬起的雪屑
飞粘在人们的身上,脸上,
无边的雪在原野上反光。

我们经过了许多村庄——
北方的低矮而又宽敞的房屋
和许多稀疏的树林；
一切都静静地被雪掩盖着，
只从远处听见了狗的叫声。

穿过广大的雪原，
临近了沦陷区的时候，
听见保定西关的日本守兵
朝向我们放射的枪声
——敌人已从马群的蹄踏
发现了我们的行踪。

不知是雪原使它兴奋呢，
还是它要和寒冷抵抗呢，
我的马，在祖国的平原上
广阔的被凌辱的土地上
奔跳着，急驰着，
像一阵旋风
卷过山谷似的勇猛。

三

我们到了大马房
把马拴在大树下。
我们的队伍

向平汉路出发。

十一点钟到了,
"轰!"的一声火光冲天。
接着是炮弹爆炸的声响。
那毒蛇似的军火车
触到我们的地雷了!
敌人连骨头都炸碎了。
车辆的残片星散在雪地上。

雄鸡第一次鸣叫了,
我们带着胜利的歌声
回到了大马房。
我们歌唱着,笑着,大声的叫着,
大家忙着准备早餐,
到处都燃起了篝火,
到处都响起了歌声。

四

黎明来到了树林和村庄,
敌人的坦克车,轻机关枪车,
机关枪骑兵队,
行进在昏暗中的四架飞机,
从被占区出发
沿铁路线向我们追索
　——残酷的敌人

想把我们歼灭
在铁路西面的平原上。
我正在电台里煮土薯,
大马房被包围了!
人们在惊慌中奔跑着。
我匆忙地离开了电台,
冒着那些散乱的枪声
去找我们的团长,
但他已走了。

村外是不停的枪声,
汽车的马达声,
坦克车的轮子滚转声……

我跑到骑兵班,
那个察哈尔骑兵
最后的跨上了他的马背。

我瞥见我的马
站在村里的大树下,
直竖着两只耳朵,
眼睛发出奇异的光辉,
尾巴焦躁地摆动着。
一切都在告诉我:
战争到了!
我知道我的生命
已和它的生命联结在一起。

我跨上了马背,
把缰绳一拉,
我的马像得了解放似的
兴奋地踢开了雪块
向村外冲去……

一到村外,它立刻发现
我们的骑兵队
正疾驰在微明的平原的上面。

我把我的身体
倒伏在马背上,
两手扯住它的鬃毛
——我的后面
喧吵着暴雨似的枪弹。

"雪里钻"在敌人的追赶里,
它的四个蹄子
疯狂地疾驰着,
它的身体腾空似的
带着我迅速地移动,
快得像一个向前抛掷的物体。

天色已完全发白,
天边露出清楚的地平线,
我终于赶上了骑兵队。

在我们的最前面,
我看见 205 号骏马,
上面骑着我们的团长。
英勇的"雪里钻"
感奋得像警报器似的吼叫起来。
这是我第一次听见
它如此坚决如此悲壮的吼声,
这吼声给我无比的鼓舞,
使我在狼狈的败退中
觉触到一种新的光芒。

但是一切都完了,
我们的马群
已临到了漕河的边岸
而敌人的骑兵
已迫近我们的后面。

敌人的机关枪
开始密集的射击,
那些小钢炮
在后面村庄的屋顶
喷发着炮弹;
那些炮弹
像夏天的急雨
打落在漕河的对岸,
阻止我们前进。
205 号骏马

第一匹踏上漕河冻结了的河面；
于是我们的整个马队
像突然得到了命令，
都跟随着
跳下了漕河。

敌人的炮弹
击碎了冰层，
冰块像冰雹似的
飞溅，零落在我们的身边。

205 号骏马
伴随着它的战友——
我们的政治委员
一起倒下在河面的那边。
从冰层爆起的弹片
已冷酷地击死了他们！

许多的同志们
发出最后的一声呼叫，
不可援救地牺牲了！

我们的马匹
从他们的尸体上跃过。
"雪里钻"
奔到 205 号马尸的旁边，
它的后左腿

突然陷进冰窟里，
两条前腿被冰一滑
跪下了。
我发出了惊叫：
"完了！"

我的祖国啊！
我已为你交付了
我年轻的生命，
我的战斗，
我的英勇。

在我面前的人们远了，
在我后面的
从我身边过去。

严重的恐怖包围着我，
我烦乱在子弹的喧吵里。
就在此刻，
敌人骑兵的第一匹马
已从漕河的岸上跃下。
我蓦地想起
我身边的军用地图，
在我死之前，
我应该把它烧去。
我一边倒过了"二把子"
向后面不停地射击，

一边伸手到皮包里
去摸索军用地图,
我的手触到了一柄小刀
——这小刀
是我在上一次的战斗中
从山本中队司令身上搜取来的。

我握住小刀,咬紧牙齿,
猛烈地向马屁股上一刺。
我噙着眼泪
叫喊着:
"起来!伙计!
你不要出卖我!"

马惨叫了一声,
从冰层上跃起,
冲过炮火的浓烟,
向前面的马队追赶。
……
我们的机关枪
把敌人的骑兵
挡在漕河的彼岸。

五

初春早晨的阳光
照耀在广大的雪原上。

子弹的声音已沉寂了,
我们的呼吸也松缓下来,
我感激地骑着"雪里钻"
向着归路上前进。
弟兄们都已去得很远了,
我回过头来向后面观望。
中国的雪的平原,
突然看见鲜红的血迹
淋滴在净白的雪堆上,
淋滴在印着蹄影的道路上……

我回到了我们驻扎的村庄。
团长已坐在拂了雪的石板上,
他为欢迎我而站立起来,
走到"雪里钻"的旁边,
伸手摸着在冒出白气的嘴。
他的脸映着春天的阳光。
他笑了:那么平静,那么温暖
好像一切都不曾发生……

一九四一年九月二十七日

太阳的话

打开你们的窗子吧
打开你们的板门吧
让我进去,让我进去
进到你们的小屋里

我带着金黄的花束
我带着林间的香气
我带着亮光和温暖
我带着满身的露水

快起来,快起来
快从枕头里抬起头来
睁开你的被睫毛盖着的眼
让你的眼看见我的到来

让你们的心像小小的木板房
打开它们的关闭了很久的窗子
让我把花束,把香气,把亮光,
　温暖和露水撒满你们心的空间。

一九四二年一月十四日

野火

在这些黑夜里燃烧起来
在这些高高的山巅上
伸出你的光焰的手
去抚扪夜的宽阔的胸脯
去抚扪深蓝的冰凉的胸脯

从你的最高处跳动着的尖顶
把你的火星飞飏起来
让它们像群仙似的飘落在
那些莫测的黑暗而又冰冷的深谷
去照见那些沉睡的灵魂
让它们即使在飘缈的梦中
也能得到一次狂欢的舞蹈

在这些黑夜里燃烧起来
更高些！更高些！
让你的欢乐的形体
从地面升向高空
使我们这困倦的世界
因了你的火光的鼓舞

苏醒起来！喧腾起来！
让这黑夜里的一切的眼
都在看望着你
让这黑夜里的一切的心
都因了你的召唤而震荡
欢笑的火焰呵
颤动的火焰呵

听呀从什么深邃的角落
传来了那赞颂你的瀑布似的歌声……

一九四二年　陕北

风的歌

我是季候的忠实的使者
报告时序的运转与变化
奔忙在世界上

寂静的微寒的二月
我从南方的森林出发
爬上险峻的山峰
走过潮湿的山谷
渡过湖沼与江河
带着温暖与微笑
沿途唤醒沉睡的生物

山巅的积雪溶化了
结冰的河流解冻了
黑色的土地吐出绿色的嫩芽
百鸟在飘动的树枝上歌唱
忧愁从人们脸上消失
含笑的眼睛
看着被阳光照射的田野
布谷鸟站的山岩上

一阵阵一阵阵地叫唤
殷勤地催促着农人
把土地翻耕
把河水灌溉
向田亩播撒种子

晴朗的发光的五月
我徘徊在山谷和田野
河流因我的跳跃激起波浪
池沼因我的漫步浮起皱纹
午后，我疾行在悬崖的边沿
晚上，我休息在森林

我是云的牧人
带领羊群一样的白云
放牧在碧蓝的晴空
从上空慢慢移行
阴影停留在旷野

我是雨的引路人
当大地为久旱所焦灼
我被发怒的乌云推拥
带着急喘，匆忙地
跃上山崖、跳下平野，
疾驰在闪电、雷、雨的前面
拍击着门窗，向人们呼喊：
"大雷雨要来了！

大雷雨要来了!"

成熟的丰盛的八月
挂满稻草的杉树林里
在草堆上微睡之后
走过收割了的田亩
到山脚下的乡村
裹着头巾的农妇
向我发出欢呼
当她们在广场上
高高地举起筛子
摆动风车的扇柄
我就以我的敏捷
帮助这些勤奋的人
把谷壳和米糠吹散出来

起雾和下雨的日子
我走在阴凉的大气里
自然在极度的繁华之后
已临到了厌倦
曾经美丽的东西
都已变成枯萎
飞鸟合上翅膀
鸣虫停止叫唤
我含着伤感
摇落树上欲坠的残叶
打扫枯枝狼藉的院子

推倒被秋雨淋成乌黑的篱笆
挨家挨户督促贫苦的人们
赶快更换屋背上的茅草
上山砍伐冬季的燃料
因为我知道，对于他们
更坏的日子还在后面

阴暗的忧郁的十一月
带着寒冷的雨滴
我离开遥远的北方

有时，在黄昏
穿过荒凉的旷野
我走近一家茅屋
从窗户向里面窥探
一个农夫和他的妻子
对着刚点亮的油灯
为不曾缴纳税租而愁苦
一听见外面有了声音
就突然打了一个寒噤

当我从摩天的山岭经过
盲眼的老人跟我下来
他是季候的掘墓人
以嫉妒为食粮
以仇恨为饮料
他的嘘息侵进我的灵魂

自从他和我同路以来
我就不再有愉快了
我抖索着，牵着他枯干的手
慢慢地从山上走下平原
沿着我来的路向南方移行
四周，看不见人影和兽迹
万物露出惨愁的样子
这个老人！他一边扶着我
一边用痉挛的手摸索
他的手指所触到的东西
都起了一阵可怕的寒颤
他的脚一伸到河流
河水就成了僵冻
他睁着灰白无光的眼睛
不断地从嘴里吐出咒语：
"大地死了……大地死了……"
于是他散播着雪片
抛掷着雪团
用一层厚厚的白雪
裹住大地的尸身
当我极目远望时
我也不禁伏倒在山岩上啜泣……

尾声

等一切生物经过长期的坚忍

经过悠久的黑暗与寒冷的统治
我又从南方海上的一个小岛起程
站在那第一只北航的船的布帆后面
带着温暖和燕子、欢快和花朵
唱着白云的柔美的歌
为金色的阳光所护送
向初醒的大地飞奔……

一九四二年九月六日

献给乡村的诗

我的诗献给中国的一个小小的乡村——
它被一条山岗所伸出的手臂环护着。
山岗上是年老的常常呻吟的松树；
还有红叶子像鸭掌般撑开的枫树；
高大的结着戴帽子的果实的榉子树
和老槐树，主干被雷霆劈断的老槐树；
这些年老的树，在山岗上集成树林，
荫蔽着一个古老的乡村和它的居民。

我想起乡村边上澄清的池沼——
它的周围密密地环抱着浓绿的杨柳，
水面浮着菱叶、水葫芦叶、睡莲的白花。
它是天的忠心的伴侣，映着天的欢笑和愁苦；
它是云的梳妆台，太阳、月亮、飞鸟的镜子；
它是群星的沐浴处，水禽的游泳池；
而老实又庞大的水牛从水里伸出了头，
看着村妇蹲在石板上洗着蔬菜和衣服。

我想起乡村里那些幽静的果树园——
园里种满桃子、杏子、李子、石榴和林檎，

外面围着石砌的围墙或竹编的篱笆,
墙上和篱笆上爬满了茑萝和纺车花:
那里是喜鹊的家,麻雀的游戏场;
蜜蜂的酿造室,蚂蚁的堆货栈;
蟋蟀的练音房,纺织娘的弹奏处;
而残忍的蜘蛛偷偷地织着网捕捉蝴蝶。

我想起乡村路边的那些石井——
青石砌成的六角形的石井是乡村的储水库,
汲水的年月久了,它的边沿已刻着绳迹。
暗绿而濡湿的青苔也已长满它的周围,
我想起乡村田野上的道路——
用卵石或石板铺的曲折窄小的道路,
它们从乡村通到溪流、山岗和树林,
通到森林后面和山那面的另一个乡村。

我想起乡村附近的小溪——
它无日无夜地从远方引来了流水,
给乡村灌溉田地、果树园、池沼和井,
供给乡村上的居民们以足够的饮料;
我想起乡村附近小溪上的木桥——
它因劳苦消瘦得只剩了一副骨骼,
长年地赤露着瘦长的腿站在水里,
让村民们从它驼着的背脊上走过。

我想起乡村中间平坦的旷场——
它是村童们的竞技场,角力和摔跤的地方,

大人们在那里打麦,掼豆,扬谷,筛米……
长长的横竹竿上飘着未干的衣服和裤子;
宽大的地席上铺晒着大麦、黄豆和荞麦;
夏天晚上人们在那里谈天、乘凉,甚至争吵,
冬天早晨在那里解开衣服找虱子、晒太阳;
假如一头牛从山崖跌下,它就成了屠场。

我想起乡村里那些简陋的房屋——
它们紧紧地挨挤着,好像冬天寒冷的人们,
它们被柴烟熏成乌黑,到处挂满了尘埃,
里面充溢着女人的叱骂和小孩的啼哭;
屋檐下悬挂着向日葵和萝卜的种子,
和成串的焦红的辣椒,枯黄的干菜;
小小的窗子凝望着村外的道路,
看着山峦以及远处山脚下的村落。

我想起乡村里最老的老人——
他的须发灰白,他的牙齿掉了,耳朵聋了,
手像紫荆藤紧紧地握着拐杖,
从市集回来的村民高声地和他谈着行情;
我想起乡村里最老的女人——
自从一次出嫁到这乡村,她就没有离开过,
她没有看见过帆船,更不必说火车、轮船,
她的子孙都死光了,她却很骄傲地活着。

我想起乡村里重压下的农夫——
他们的脸像松树一样发皱而阴郁,

他们的背被过重的挑担压成弓形,
他们的眼睛被失望与怨愤磨成混沌;
我想起这些农夫的忠厚的妻子——
她们贫血的脸像土地一样灰黄,
她们整天忙着磨谷,舂米,烧饭,喂猪,
一边纳鞋底一边把奶头塞进婴孩啼哭的嘴。

我想起乡村里的牧童们,
想起用污手擦着眼睛的童养媳们,
想起没有土地没有耕牛的佃户们,
想起除了身体和衣服之外什么也没有的雇农们,
想起建造房屋的木匠们、石匠们、泥水匠们,
相起屠夫们、铁匠们、裁缝们,
想起所有这些被穷困所折磨的人们——
他们终年劳苦,从未得到应有的报酬。

我的诗献给乡村里一切不幸的人——
无论到什么地方我都记起他们,
记起那些被山岭把他们和世界隔开的人,
他们的性格像野猪一样,沉默而凶猛,
他们长久地被蒙蔽,欺骗与愚弄;
每个脸上都隐蔽着不曾爆发的愤恨;
他们衣襟遮掩着的怀里歪插着尖长快利的刀子,
那藏在套里的刀锋,期待着复仇的来临。

我的诗献给生长我的小小的乡村——
卑微的,没有人注意的小小的乡村,

它像中国大地上的千百万的乡村。
它存在于我的心里,像母亲存在儿子心里。
纵然明丽的风光和污秽的生活形成了对照,
而自然的恩惠也不曾弥补了居民的贫穷,
这是不合理的:它应该有它和自然一致的和谐;
为了反抗欺骗与压榨,它将从沉睡中起来。

一九四二年九月七日

人民的城

一

张家口——
人民的城,
美丽的城;

山卫护着,
清水河流过,
没有沙漠,
电气开花,
机器唱歌;
工厂接连着工厂,
汽笛招呼着汽笛,
大卡车大笑着,
满载着货物,
驶进了栈房,
驶进了仓库。

长长的马路,

宽阔的马路，
市集的叫嚣，
人群的喧腾，
无数的车辆驶过，
汽车的喇叭吹叫着；

四面八方来的人们——
从无数乡村来，
从各个根据地来，
从各个解放区来，
带着愉快的呼吸，
带着新奇和感激，
从这条街走到那条街，
两眼看着新的景物。

今天我们在这里，
不像在别的城市，
感到陌生和不安，
感到疑虑和恐怖；
今天我们在这里，
好像在自己的家里，
可以自由自在地走着，
可以昂首阔步地走着……

张家口——
人民的城，
美丽的城。

二

张家口,
有痛苦的记忆,
山也记得,
河水也记得,
老乡更记得:

敌人占领了华北,
"派遣军"的刺刀
插进了张家口,
这里成了"战略基地",
这里作了"反苏据点",
无数的浪人来了,
机关都被敌人掌握,
物资都被敌人控制,
张家口成了粮站,
张家口成了火药库;

清水河流过张家口,
把城市分成两边,
一边叫西山坡,
一边叫东山坡——

西山坡上是旧城,
旧城里住的是中国人,

无数的小商人，
无数的苦力，
无数的穷人，
十几万市民，
都生活在敌人皮鞭的下面；

年轻人被绑走了，
牲口被拉走了，
珠宝被抢走了，
年老的病倒了，
女人被糟蹋了；

又是"配给"，
又是"许可"，
又是捐，
又是税，
没有白面，
没有大米，
没有肉，
没有油，
都给敌人拿走了，
连血都快要抽干了；

西沙河的河滩，
变成了屠宰场，
好多老乡被砍头，
好多老乡被活埋，

沙滩上涂满了污血,
野狗和狼争吃着尸首,
成千成万的苦力,
被征用,
到市区的周围,
凿山洞,
建筑防御工事,
修飞机场,
挖防空壕,
造军火库,
造地下仓库,
等工程完了,
他们也完了,
尸首被投在清水河里……

三

而东山坡——
东山坡是"风景区",
是公园,
是"神社",
是"忠灵塔"的所在地,
有日本领事馆,
有"居留民"的住宅,
有"高等职员"的宿舍,
房屋是华贵的,
风景是幽美的;

造房子的是谁呢?
造房子的不是九州人,
不是四国人,
也不是北海道人,
而是张家口的老百姓——
成千成万的人,
都为敌人忙碌,
在广阔荒凉的山坡上,
建造起千万幢房屋,
等一切都安排好了,
搬进去住的是日本浪人,
和那些脸涂得粉白的妇女;

而张家口的老百姓,
他们一造好房子,
就不敢再从东山坡走过
只是站在西山坡上
带着忧愁和气愤
远远地看着东山坡……

这样的日子,
足足过了八年。

四

去年八月,
八路军来了,

炮声震动山谷,
把敌人轰跑了!

"武士"们都逃了,
指挥刀也不要了,
饭也不吃了,
帽子也不戴了!

那些住宅里,
那些宿舍里,
地上丢着彩色的和服,
油漆彩画的木屐,
散着冈本和大田的名片,
美芙子给林三郎的"手纸",
和一厚册一厚册的贴照簿,
在这些贴照簿里,
贴满了刽子手们的照片;

现在他们都完了——
无论是大佐,
无论是少尉,
无论是森大启,
无论是小冈村,
奖状和勋章都丢在地上;
有的逃了,
有的被捉住了,
有的死了,

死得这样不体面,
连骨灰也不能运回东京去;

还有那些北村英子,
美惠子、江藤春子,
梶谷蝶子、花代子,
除了留下脂粉盒子,
和卷发用的夹子,
就不再看见她们的影子。
(谁知道她们到哪儿去了呢?
听说有人看见她们,
在北平东城的胡同里,
打扮得"雍容华贵",
在东安市场买东西。)

伪"蒙疆政府"瓦解了——
德王逃走了,
李守信逃走了,
于品卿被枪毙了,
什么"司法部长",
什么"高等法院院长",
已关在监狱里,
都在用手指,
数着自己最后的日子。……

五

张家口,
解放了——
头上包着毛巾
穿着蓝布袄的农民,
在街上大摇大摆地走着;
工人们成群结队
大笑着走进了工会;
铁路的自卫队,
在街上操练;
妇女联合会在筹备
纪念今年的"三八"节。

所有的人都站起来,
所有的人都组织起来,
和着军队,
和着政府,
守卫这人民自己的城。

人民的城,
一切为了人民。

列车运送着劳动人民,
自来水供给人民用水,
人民在广播电台说话,

报纸登载人民的事情，
戏院演的是人民的翻身，
监狱囚禁人民的仇敌，
法院审判人民的罪犯。

张家口——
美丽的城，
无数红砖的新式房屋，
无数立体建筑，
繁杂的电杆和电线，
和白色的磁瓶，
和如林的烟囱，
在晴空下
展开了都市的画幅……

乌黑的火车头，
冒出白色的烟，
拖着长长的列车，

从城郊驰进车站，
杂色的人群，
突然涌到街上……

街上，
人们匆忙地走着，
走进工厂，
走进商店，

走进机关,
走进学校,
一切的人都朝着一个方向:
"建设民主繁荣的新张家口!"

张家口——
幸福的城,
没有饥饿,
不受欺负,
没有压迫,
没有恐怖,
工人增加了工资,
农民减少了租子,
商人没有苛捐杂税,
人人快乐,
日子过得很舒服!

张家口——
人民的城,
美丽的城,
幸福的城,
光荣的城!
人民的手建造的,
人民的血解放的,
人民的生命保卫的,
和平的城!

一九四六年二月二十六日

维也纳

维也纳,你虽然美丽
却是痛苦的,
像一个患了风湿症的少妇
面貌清秀而四肢瘫痪。

维也纳,像一架坏了的钢琴,
一半的键盘发不出声音;
维也纳,像一盘深红的樱桃,
但有半盘是已经腐烂了的。

星星不能只半边有光芒,
歌曲不能只唱一半;
自由应该像苹果一样——
鲜红、浑圆是一个整体。

我的心啊在疼痛,
莫扎特铜像前的喷泉
所喷射的不是水花
而是奥地利人民的眼泪;
再伟大的天才

也谱不出今天维也纳的哀歌啊!

天在下着雨,
街上是灰白的水光,
维也纳,坐在古旧的圈椅里,
两眼呆钝地凝视着窗户,
一秒钟,一秒钟地
在捱受着阴冷的时间……

维也纳,让我祝福你:
愿明天是一个晴天,
阳光能射进你的窗户,
用温柔的手指抚触你的眼帘……

一九五四年七月八日晚　维也纳

一个黑人姑娘在歌唱

在那楼梯的边上,
有一个黑人姑娘,
她长得十分美丽,
一边走一边歌唱……

她心里有什么欢乐?
她唱的可是情歌?
她抱着一个婴儿,
唱的是催眠的歌。

这不是她的儿子,
也不是她的弟弟;
这是她的小主人,
她给人看管孩子;

一个是那样黑,
黑得像紫檀木;
一个是那样白,
白得像棉絮;

一个多么舒服,
却在不住地哭;
一个多么可怜,
却要唱欢乐的歌。

一九五四年七月十七日　里约热内卢

在智利的海岬上
——给巴勃罗·聂鲁达

让航海女神
守护你的家

她面临大海
仰望苍天
抚手胸前
祈求航行平安

一

你爱海,我也爱海
我们永远航行在海上

一天,一只船沉了
你捡回了救命圈
好像捡回了希望
风浪把你送到海边
你好像海防战士
驻守着这些礁石

你抛下了锚
解下了缆索
回忆你所走过的路
每天瞭望海洋

二

巴勃罗的家
在一个海岬上
窗户的外面
是浩淼的太平洋

一所出奇的房子
全部用岩石砌成
像小小的碉堡
要把武士囚禁

我们走进了
航海者之家
地上铺满了海螺
也许昨晚有海潮

已经残缺了的
　　木雕的女神
站在客厅的门边
像女仆似的虔诚

阁楼是甲板
栏杆用麻绳穿连
在扶梯的边上
有一个大转盘

这些是你的财产：
古代帆船的模型
褐色的大铁锚
中国的大罗盘
（最早的指南针）
大的地球仪
各式各样的烟斗
和各式各样的钢刀

意大利农民送的手杖
放在进门的地方
它陪伴一个天才
走过了整个世界

米黄色的象牙上
刻着年轻的情人
穿着乡村的服装
带着羞涩的表情
像所有的爱情故事
既古老而又新鲜

手枪已经锈了
战船也不再转动
请斟满葡萄酒
为和平而干杯!

三

房子在地球上
而地球在房子里

壁上挂了一顶白顶的
　　　黑漆遮阳的海员帽子
好像这房子的主人
今天早上才回到家里

我问巴勃罗:
"是水手呢?
还是将军?"
他说:"是将军,
你也一样;
不过,我的船
已失踪了
沉没了……"

四

你是一个船长,

还是一个海员?
你是一个舰队长,
还是一个水兵?
你是胜利归来的人,
还是战败了逃亡的人?
你是平安的停憩,
还是危险的搁浅?
你是迷失了方向,
还是遇见了暗礁?

都不是,都不是。
这房子的主人
是被枪杀了的洛尔伽的朋友
是受难的西班牙的见证人
是一个退休了的外交官
不是将军。

日日夜夜望着海
听海涛像在浩叹
也像是嘲弄
也像是挑衅

巴勃罗·聂鲁达
面对着万顷波涛
用矿山里带来的语言
向整个旧世界宣战

五

在客厅门口上面
挂了救命圈
现在船是在岸边
你说:"要是船沉了
我就戴上了它
跳进了海洋。"

方形的街灯
在第二个门口
这样,每个夜晚
你生活在街上

壁炉里火焰上升
今夜,海上喧哗
围着烧旺了的壁炉
从地球的各个角落来的
　　十几个航行的伙伴
喝着酒,谈着航海的故事

我们来自许多国家
包括许多民族
有着不同的语言
但我们是最好的兄弟

有人站起来
用放大镜
在地图上寻找
没有到过的地方

我们的世界
好像很大
其实很小
在这个世界上
应该生活得好

明天，要是天晴
我想拿铜管的望远镜
向西方瞭望
太平洋的那边
是我的家乡
我爱这个海岬
也爱我的家乡

这儿夜已经很深
初春的夜晚多么迷人

六

在红心木的桌子上
有船长用的铜哨子

拂晓之前,要是哨子响了
我们大家将很快地爬上船缆
张起船帆,向海洋起程
向另一个世纪的港口航行……

一九五四年七月二十四日晚　初稿
一九五六年十二月十一日　整理

礁石

一个浪,一个浪,
无休止地扑过来,
每一个浪都在它脚下
被打成碎沫、散开……

它的脸上和身上
像刀砍过的一样
但它依然站在那里
含着微笑,看着海洋……

一九五四年七月二十五日

启明星

属于你的是
光明与黑暗交替
黑夜逃遁
白日追踪而至的时刻

群星已经退隐
你依然站在那儿
期待着太阳上升

被最初的晨光照射
投身在光明的行列
直到谁也不再看见你

一九五六年八月

下雪的早晨

雪下着,下着,没有声音,
雪下着,下着,一刻不停,
洁白的雪,盖满了院子,
洁白的雪,盖满了屋顶,
整个世界多么静,多么静。

看着雪花在飘飞,
我想得很远,很远,
想起夏天的树林,
树林里的早晨,
到处都是露水,
太阳刚刚上升,
一个小孩,赤着脚,
从晨光里走来,
他的脸像一朵鲜花,

他的嘴发出低低的歌声,
他的小手拿着一根竹竿,
他仰起小小的头,
那双发亮的眼睛,

透过浓密的树叶
在寻找知了的声音……

他的另一只小手,
提了一串绿色的东西,
——一根很长的狗尾草,
结了蚂蚱、金甲虫和蜻蜓,
这一切啊,
我都记得很清。

我们很久没有到树林里去了,
那儿早已铺满了落叶,
也不会有什么人影;
但我一直都记着那个小孩,
和他的很轻很轻的歌声,
此刻,他不知在哪间小屋里。

看着不停地飘飞着的雪花,
或许想到树林里去抛雪球,
或许想到湖上去滑冰,
他决不会知道
有一个人想着他,
就在这个下雪的早晨。

一九五六年十一月十七日

光的赞歌

一

每个人的一生
不论聪明还是愚蠢
不论幸福还是不幸
只要他一离开母体
就睁着眼睛追求光明

世界要是没有光
等于人没有眼睛
航海的没有罗盘
打枪的没有准星
不知道路边有毒蛇
不知道前面有陷阱

世界要是没有光
也就没有杨花飞絮的春天
也就没有百花争妍的夏天
也就没有金果满园的秋天

也就没有大雪纷飞的冬天

世界要是没有光
看不见奔腾不息的江河
看不见连绵千里的森林
看不见容易激动的大海
看不见像老人似的雪山
要是我们什么也看不见
我们对世界还有什么留念

二

只是因为有了光
我们的大千世界
才显得绚丽多彩
人间也显得可爱

光给我们以智慧
光给我们以想象
光给我们以热情
创造出不朽的形象

那些殿堂多么雄伟
里面更是金碧辉煌
那些感人肺腑的诗篇
谁读了能不热泪盈眶

那些最高明的雕刻家
使冰冷的大理石有了体温
那些最出色的画家
描出色授魂与的眼睛

比风更轻的舞蹈
珍珠般圆润的歌声
火的热情、水晶的坚贞
艺术离开光就没有生命

山野的篝火是美的
港湾的灯塔是美的
夏夜的繁星是美的
庆祝胜利的焰火是美的
一切的美都和光在一起

三

这是多么奇妙的物质
没有重量而色如黄金
它可望而不可即
漫游世界而无体形
具有睿智而谦卑
它与美相依为命

诞生于撞击和磨擦
来源于燃烧和消亡的过程

来源于火、来源于电
来源于永远燃烧的太阳

太阳啊,我们最大的光源
它从亿万万里以外的高空
向我们居住的地方输送热量
使我们这里滋长了万物
万物都对它表示景仰
因为它是永不消失的光

真是不可捉摸的物质——
不是固体、不是液体、不是气体
来无踪、去无影、浩渺无边
从不喧嚣、随遇而安
有力量而不剑拔弩张
它是无声的威严

它是伟大的存在
它因富足而能慷慨
胸怀坦荡、性格开朗
只知放射、不求报偿
大公无私、照耀四方

四

但是有人害怕光
有人对光满怀仇恨

因为光所发出的针芒
刺痛了他们自私的眼睛

历史上的所有暴君
各个朝代的奸臣
一切贪婪无厌的人
为了偷窃财富、垄断财富
千方百计想把光监禁
因为光能使人觉醒

凡是压迫人的人
都希望别人无能
无能到了不敢吭声
让他们把自己当作神明

凡是剥削人的人
都希望别人愚蠢
愚蠢到了不会计算
一加一等于几也闹不清

他们要的是奴隶
是会说话的工具
他们只要驯服的牲口
他们害怕有意志的人

他们想把火扑灭
在无边的黑暗里

在岩石所砌的城堡里
永远维持血腥的统治

他们占有权力的宝座
一手是勋章、一手是皮鞭
一边是金钱、一边是锁链
进行着可耻的政治交易
完了就举行妖魔的舞会
和血淋淋的人肉的欢宴

回顾人类的历史
曾经有多少年代
沉浸在苦难的深渊
黑暗凝固得像花岗岩
然而人间也有多少勇士
用头颅去撞开地狱的铁门

光荣属于奋不顾身的人
光荣属于前赴后继的人

暴风雨中的雷声特别响
乌云深处的闪电特别亮
只有通过漫长的黑夜
才能喷涌出火红的太阳

五

愚昧就是黑暗
智慧就是光明
人类从愚昧中过来
那最先去盗取火的人
是最早出现的英雄
他不怕守火的鹫鹰
要啄掉他的眼睛
他也不怕天帝的愤怒
和轰击他的雷霆
于是光不再被垄断
从此光流传到人间

我们告别了刀耕火种
蒸汽机带来了工业革命
从核物理诞生了原子弹
如今像放鸽子似的
放出了地球卫星……
光把我们带进了一个
　　光怪陆离的世界：
X光，照见了动物的内脏
激光，刺穿优质钢板
光学望远镜，追踪星际物质
电子计算机
　　把我们推向了二十一世纪

然而，比一切都更宝贵的
是我们自己的锐利的目光
是我们先哲的智慧的光
这种光洞察一切、预见一切
可以透过肉体的躯壳
看见人的灵魂

看见一切事物的底蕴
一切事物内在的规律
一切运动中的变化
一切变化中的运动
一切的成长和消亡
就连静静的喜马拉雅山
也在缓慢地继续上升

认识没有地平线
地平线只能存在于停止前进的地方
而认识却永无止境
人类在追踪客观世界中
留下了自己的脚印

实践是认识的阶梯
科学沿着实践前进
在前进的道路上
要砸开一层层的封锁
要挣断一条条的铁链
真理只能从实践中得以永生

六

光从不可估量的高空
俯视着人类历史的长河
我们从周口店到天安门
像滚滚的波涛在翻腾
不知穿过了多少的险滩和暗礁
我们乘坐的是永不沉没的船
从天际投下的光始终照引着我们……

我们从千万次的蒙蔽中觉醒
我们从千万种的愚弄中学得了聪明
统一中有矛盾、前进中有逆转
运动中有阻力、革命中有背叛

甚至光中也有暗
甚至暗中也有光
不少丑恶与无耻
隐藏在光的下面
毒蛇、老鼠、臭虫、蝎子
和许多种类的粉蝶——
她们都是孵化害虫的母亲
我们生活着随时都要警惕
看不见的敌人在窥伺着我们
然而我们的信念
像光一样坚强——

经过了多少浩劫之后
穿过了漫长的黑夜
人类的前途无限光明、永远光明

七

每一个人都是一个生命
人世银河星云中的一粒微尘
每一粒微尘都有自己的能量
无数的微尘汇集成一片光明
每一个人既是独立的
而又互相照耀
在互相照耀中不停地运转
和地球一同在太空中运转
我们在运转中燃烧
我们的生命就是燃烧
我们在自己的时代
应该像节日的焰火
带着欢呼射向高空
然后迸发出璀璨的光

即使我们是一支蜡烛
也应该"蜡炬成灰泪始干"
即使我们只是一根火柴
也要在关键时刻有一次闪耀
即使我们死后尸骨都腐烂了
也要变成磷火在荒野中燃烧

八

作为一个微不足道的人
天文学数字中的一粒微尘
即使生命像露水一样短暂
即使是恒河岸边的一粒细沙
也能反映出比本身更大的光
我也曾经用嘶哑的喉咙歌唱
在不自由的岁月里我歌唱自由
我是被压迫的民族,我歌唱解放
在这个茫茫的世界上
为被凌辱的人们歌唱
为受欺压的人们歌唱
我歌唱抗争,歌唱革命
在黑夜把希望寄托给黎明
在胜利的欢欣中歌唱太阳

我是大火中的一点火星
趁生命之火没有熄灭
我投入火的队伍、光的队伍
把"一"和"无数"融合在一起
为真理而斗争
和在斗争中前进的人民一同前进
我永远歌颂光明
光明是属于人民的
未来是属于人民的

任何财富都是人民的
和光在一起前进
和光在一起胜利
胜利是属于人民的
和人民在一起所向无敌

九

我们的祖先是光荣的
他们为我们开辟了道路
沿途留下了深深的足迹
每一足迹里都有血迹

现在我们正开始新的长征
这个长征不只是二万五千里的路程
我们要逾越的也不只是十万大山
我们要攀登的也不只是千里岷山
我们要夺取的也不只是金沙江、大渡河
我们要抢渡的是更多更险的渡口
我们在攀登中将要遇到
　　更大的风雪、更多的冰川……

但是光在召唤我们前进
光在鼓舞我们、激励我们
光给我们送来了新时代的黎明
我们的人民从四面八方高歌猛进

让信心和勇敢伴随着我们

武装我们的是最美好的理想
我们是和最先进的阶级在一起
我们的心胸燃烧着希望
我们前进的道路铺满阳光

让我们的每个日子
　　都像飞轮似地旋转起来
让我们的生命发出最大的能量
让我们像从地核里释放出来似的
　　极大地撑开光的翅膀
　　　在无限广阔的宇宙中飞翔

让我们以最高的速度飞翔吧
让我们以大无畏的精神飞翔吧
让我们从今天出发飞向明天
让我们把每个日子都当作新的起点

或许有一天，总有一天
我们这个古老的民族
我们最勇敢的阶级
将接受光的邀请
去叩开千万重紧闭的大门
访问我们所有的芳邻

让我们从地球出发
飞向太阳……

一九七八年八月——十二月

盆景

好像都是古代的遗物
这儿的植物成了矿物
主干是青铜,枝桠是铁丝
连叶子也是铜绿的颜色
在古色古香的庭院
冬不受寒,夏不受热
用紫檀和红木的架子
更显示它们地位的突出

其实它们都是不幸的产物
早已失去了自己的本色
在各式各样的花盆里
受尽了压制和委屈
生长的每个过程
都有铁丝的缠绕和刀剪的折磨
任人摆布,不能自由伸展
一部分发育,一部分萎缩
以不平衡为标准
残缺不全的典型
像一个个佝偻的老人

夸耀的就是怪相畸形
有的挺出了腹部
有的露出了块根
留下几条弯曲的细枝
芝麻大的叶子表示还有青春
像一群饱经战火的伤兵
支撑着一个个残废的生命

但是，所有的花木
都要有自己的天地
根须吸收土壤的营养
枝叶承受雨露和阳光
自由伸展发育正常
在天空下心情舒畅
接受大自然的爱抚
散发出各自的芬芳

如今却一切都颠倒
少的变老、老的变小
为了满足人的好奇
标榜养花人的技巧
柔可绕指而加以歪曲
草木无言而横加斧刀
或许这也是一种艺术
却写尽了对自由的讥嘲

一九七九年二月二十三日　广州参观盆景展览

"神秘果"
——给 G. Y.

这真是天下奇谈:
"吃了神秘果,
再吃黄连也不苦;
吃了神秘果,
再吃什么都是甜的。"

莫非它比黄连更苦?
莫非它比蜂蜜更甜?
莫非它能消灭味觉?
莫非它使我们麻木不仁?

吃了苦的,
才知道有甜的;
吃了甜的,
才知道有苦的;
要是我们不知甜、酸、苦、辣,
活着还有什么滋味?

只有尝尽了悲欢离合,

才知道什么是幸福。

一九七九年三月三日　海南岛

古罗马的大斗技场

也许你曾经看见过
这样的场面——
在一个圆的小瓦罐里
两只蟋蟀在相斗,
双方都鼓动着翅膀
发出一阵阵金属的声响,
张牙舞爪扑向对方
又是扭打、又是冲撞,
经过了持久的较量,
总是有一只更强的
撕断另一只的腿
咬破肚子——直到死亡。

古罗马的大斗技场
也就是这个模样,
大家都可以想象
那一幅壮烈的风光。

古罗马是有名的"七山之城"
在帕拉丁山的东面

在锡利山的北面
在埃斯揆林山的南面
那一片盆地的中间
有一座——可能是
全世界最大的斗技场,
它像圆形的古城堡
远远看去是四层的楼房,
每层都有几十个高大的门窗
里面的圆周是石砌的看台
可以容纳十多万人来观赏。

想当年举行斗技的日子
也许是一个喜庆的日子
这儿比赶庙会还要热闹
古罗马的人穿上节日的盛装
从四面八方都朝向这儿
真是人山人海——全城欢腾
好像庆祝在亚洲和非洲打了胜仗
其实只是来看一场残酷的悲剧
从别人的痛苦激起自己的欢畅。

号声一响
死神上场

当角斗士的都是奴隶
挑选的一个个身强力壮,
他们都是战败国的俘虏

早已妻离子散、家破人亡，
如今被押送到斗技场上
等于执行用不着宣布的死刑
面临着任人宰割的结局
像畜棚里的牲口一样；
相搏斗的彼此无冤无仇
却安排了同一的命运，
都要用无辜的手
去杀死无辜的人；
明知自己必然要死
却把希望寄托在刀尖上；

有时也要和猛兽搏斗
猛兽——不论吃饱了的
还是饥饿的都是可怕的——
它所渴求的是温热的鲜血，
奴隶到这里即使有勇气
也只能是来源于绝望，
因为这儿所需要的不是智慧
而是必须压倒对方的力量；

看那些"打手"多么神气！
他们是角斗场雇用的工役
一个个长的牛头马面
手拿铁棍和皮鞭
（起先还戴着面具
后来连面具也不要了）

他们驱赶着角斗士去厮杀
进行着死亡前的挣扎;
最可怜的是那些蒙面的角斗士
(不知道是哪个游手好闲的
想出如此残忍的坏点子!)
参加角斗的互相看不见
双方都乱挥着短剑寻找敌人
无论进攻和防御都是盲目的——
盲目的死亡、盲目的胜利。

一场角斗结束了
那些"打手"进场
用长钩子钩曳出尸体
和那些血淋淋的肉块
把被戮将死的曳到一旁
拿走武器和其它的什物,
奄奄一息的就把他杀死;
然后用水冲刷污血
使它不留一点痕迹——
这些"打手"受命于人
不直接去杀人
却比刽子手更阴沉。

再看那一层层的看台上
多少万人都在欢欣若狂
那儿是等级森严、层次分明
按照权力大小坐在不同的位置上,

王家贵族一个个悠闲自得
旁边都有陪臣在阿谀奉承；
那些宫妃打扮得花枝招展
与其说她们是来看角斗
不如说到这儿展览自己的青春
好像是天上的星斗光照人间；
有"赫赫战功"的，生活在
奴隶用双手建造的宫殿里
奸淫战败国的妇女；
他们的餐具都沾着血
他们赞赏血腥的气味；
能看人和兽搏斗的
多少都具有兽性——
从流血的游戏中得到快感
从死亡的挣扎中引起笑声，
别人越痛苦，他们越高兴；
（你没有听见那笑声吗？）
最可恨的是那些
用别人的灾难进行投机
从血泊中捞取利润的人，
他们的财富和罪恶一同增长；

斗技场的奴隶越紧张
看台上的人群越兴奋；
厮杀的叫喊越响
越能爆发狂暴的笑声；
看台上是金银首饰在闪光

斗场上是刀叉匕首在闪光；
两者之间相距并不远
却有一堵不能逾越的墙。
这就是古罗马的斗技场
它延续了多少个世纪
谁知道有多少奴隶
在这个圆池里丧生。
神呀，宙斯呀，丘比特呀，耶和华呀
一切所谓"万能的主"呀，都在哪里？
为什么对人间的不幸无动于衷？
风呀，雨呀，雷霆呀，
为什么对罪恶能宽容？

奴隶依然是奴隶
谁在主宰着人间？
谁是这场游戏的主谋？
时间越久，看得越清：
经营斗技场的都是奴隶主
不论是老泰尔克维尼乌斯
还是苏拉、凯撒、奥大维……
都是奴隶主中的奴隶主——
嗜血的猛兽、残暴的君王！

"不要做奴隶！
要做自由人！"
一人号召
万人响应

为了改变自己的命运
就要捣毁万恶的斗技场；
把那些拿别人生命作赌注的人
　　钉死在耻辱柱上！
奴隶的领袖
只有从奴隶中产生；
共同的命运
产生共同的思想；
共同的意志
汇成伟大的力量。
一次又一次地举起义旗
斗争的才能因失败而增长
愤怒的队伍像地中海的巨浪
淹没了宫殿，掀翻了凯旋门
冲垮了斗技场，浩浩荡荡
觉醒了的人们誓用鲜血灌溉大地
建造起一个自由劳动的天堂！

如今，古罗马的大斗技场
已成了历史的遗物，像战后的废墟
沉浸在落日的余晖里，像碉堡
不得不引起我疑问和沉思：
它究竟是光荣的纪念，
还是耻辱的标志？
它是夸耀古罗马的豪华，
还是记录野蛮的统治？
它是为了博得廉价的同情，

还是谋求遥远的叹息?

时间太久了
连大理石也要哭泣;
时间太久了
连凯旋门也要低头;
奴隶社会最残忍的一幕已经过去
不义的杀戮已消失在历史的烟雾里
但它却在人类的良心上留下可耻的记忆
而且向我们披示一条真理:
血债迟早都要用血来偿还;
以别人的生命作为赌注的
就不可能得到光彩的下场。

说起来多少有些荒唐——
在当今的世界上
依然有人保留了奴隶主的思想,
他们把全人类都看作奴役的对象
整个地球是一个最大的斗技场。

一九七九年七月　北京

听,有一个声音……

夜深人静的时分
在中国的上空
有一个女人的幽灵——
听,有一个声音:

上

你们害怕我
因为我和真理在一起
你们仇恨我
因为我和人民在一起

你们不让我说话
死了的已经死了
活着的再不说话
就什么声音也没有了

只要我一开口
你们就要发抖
我的嘴喷出的是火

真理是永不熄灭的火

你们拿皮鞭抽我
就像抽牲口
你们用脚踢我
就像踢足球

你们拿我的胸部
锻炼你们的拳头
我身上是有神经的
你们把我看做石头

我又没有动手
为什么给铐上手铐
我又没有动脚
为什么给我钉上脚镣

我最爱光明
你们夺走了阳光
我最爱自由
你们把我关进牢房

你们不让我歌唱
我偏要大声地唱
我的歌你们不愿意听
我的歌是唱给人民的

你们用犯人管"犯人"
培养他们互相告密
你们不但要摧残肉体
还要腐蚀灵魂

管我的是一个女人
国民党中统女特务——
过去暗中杀共产党员
现在公开杀共产党员

居然以共产党员的血
换取你们对她的信任
她对我越残忍
你们越高兴

你们编造罪行
然后审判我
我是无罪的
有罪的是你们

你们把敌人当同志
你们把同志当敌人
你们让敌人折磨同志
你们自己就成了敌人

拿一个共产党员
和中统女特务交换

把我判了徒刑
她却得到释放

原来你们都是一伙
一批真正的牛鬼蛇神
只是你们更善于伪装
在革命阵营里干反革命

我的心是红宝石
灵魂比水晶更透明
你们用暴力逼我投降
我用理智战胜了你们

你们用死吓唬我
我早已下定决心
不是死于监狱
就是死于战争

你们变得疯狂了
想结束我的生命——
我无论活着还是死
都是你们的罪证

为了堵住我的嘴
不能向世界呼喊
你们下毒手了
杀鸡似的割断我的喉管

你们割得很熟练
我是第四十六名
你们还要割下去
让人间没有声音

我的喉管不是我个人的
我的喉管是属于人民
我的喉管是属于共产党的
我的喉管是传播真理的无缝钢管

铐上手铐——不让写
钉上脚镣——不让走
割断喉管——不让喊
但是，我还有思想——
通过目光射出愤怒的箭

我向你们看一眼
你们就浑身打颤
我向你们看两眼
就连心肺都扎穿

你们把我押送到刑场
想让我最后低下头来
我把头仰得更高
骄傲地迎接死亡

为什么不敢看我

为什么手在发抖
你们终究是胆怯的
你们终究是羞愧的

你们举起了枪
对准了我的胸膛
你们枪毙的不是我
你们枪毙的是真理

爱我的不要为我哭
恨我的不要为我笑
不是我死得太悲惨
而是我死得太早——

我爱的依然在受苦
我恨的依然在逍遥
活着的要提高警惕
敌人并没有放下屠刀

下

我并没有死
敌人想错了
我是不会死的
我是永恒的青春

一声枪响之后

发出万声回音
人间在怒吼
天上响着雷霆

我不是一个单数
我是一个总和
所有被你们诬陷的
都在拥护我

我是我们,我们是无数
我是无数的化身
我是千千万万的一员
我叫张志新

我被捕的时间
是一九六九年
我被枪毙的时间
是一九七五年

别看我只四十五岁
死于如花的年华
六年的监狱生活
连铁树也会开花

我倒下了,我起来了
我停止呼吸,我说话了
我没有死,我得到永生

和人民在一起，就得到永生——

人民将为我说话
人民将为我造像
人民将为我谱曲
人民将为我歌唱

全世界都在看着我
我是繁星中的一颗星
全世界都听见我的声音
我像汽笛欢呼着黎明

人民是千千万万面镜子
每面镜子都追踪着你们
照见你们的每一行动
照见你们丑恶的灵魂

看着你们在扑打灰尘
把手上的鲜血洗净
如何编造谎言
去骗取"功勋"

人民是千千万万个摄影机
每个镜头都对准着你们——
犹大的嘴脸
豺狼的心

一九七九年八月　哈尔滨

失去的岁月

不像丢失的包袱
可以到失物招领处找得回来,
失去的岁月
甚至不知丢失在什么地方——
有的是零零星星地消失的,
有的丢失了十年二十年,
有的丢失在喧闹的城市,
有的丢失在遥远的荒原,
有的是人潮汹涌的车站,
有的是冷冷清清的小油灯下面;
丢失了的不像是纸片,可以捡起来,
倒更像一碗水泼到地面
被晒干了,看不到一点影子;
时间是流动的液体——
用筛子,用网,都打捞不起;
时间不可能变成固体,
要成了化石就好了,
即使几万年也能在岩层里找见。
时间也像是气体,
像急驰的列车头上冒出的烟!

失去了的岁月好像一个朋友，
断掉了联系，经受了一些苦难，
忽然得到了消息：说他
早已离开了人间

一九七九年八月二十二日　哈尔滨

关于眼睛（两首）

你说眼睛是灵魂的窗子
我说眼睛是灵魂的镜子

你说世界上最美的是眼睛
我说最可怕的也是眼睛

有那么一双眼睛
在没有灯光的夜晚
你和她挨得那么近
突然向你闪光
又突然熄灭了
你一直都记着那一瞬

有那么一双眼睛
深得像一口古井
四周有水草丛生
你只向井里看了一眼
经过多少年
你还记得那古井

有那么一双眼睛
又大又澄碧
蓝天一样纯洁
月光一样宁静
你没有勇气看它
因为你不敢承担
它对你的信任

又一章

灵魂的窗子
秘密的锁孔
从它那儿
可以窥探内心

说谎的眼睛
渴望的眼睛
哀求的眼睛
宽恕的眼睛
爱情的眼睛
梦似的飘忽不定
有时诉说衷情
有时夹着怨恨

欣喜若狂
无限悲伤
都通过眼睛

仇恨在胸中燃烧
眼睛里冒出火星

面对茫茫大海
热切的期待归帆

忍受着熬煎的
是望穿秋水的眼睛

最宁静的时刻
一片落叶
睫毛——窗帘的震动
一次心跳

你从绝望中
滴下泪水
洗涤你的心
沉浸于安静

生命的黄昏来临
然后你把窗户闭紧

一九七九年九月四日早晨

彩色的诗
——读《林风眠画集》

画家和诗人
有共同的眼睛
通过灵魂的窗子
向世界寻求意境

色彩写的诗
光和色的交错
他的每一幅画
给我们以诱人的欢欣

他所倾心的
是日常所见的风景
水草丛生的潮湿地带
明净的倒影，浓重的云层

大自然的歌手
篱笆围住的农舍
有一片蓝色的幽静
远处是远山的灰青

山麓的溪涧和乱石
暮色苍茫中的松林
既粗犷而又苍劲
使画面浓郁而深沉

也有堤柳的嫩绿
也有秋日的橙红
也有荒凉的野渡
也有拉网的渔人

对芦苇有难解的感情
从鹭鸶和芦苇求得和谐
迎风疾飞的秋鹜
从低压的云加强悲郁的气氛

具有慧眼的猫头鹰
抖动翅膀的鱼鹰
从公鸡找到民间剪纸的单纯
从喧闹的小鸟找到儿童画的天真

新的花,新的鸟
新的构思,新的造型
大理花的艳红,向日葵的粉黄
洁白的荷花,绣球花的素净

柠檬嫩黄,苹果青青

樱花林中,小鸟啼鸣
线条中有节奏
色彩中有音韵

凌乱中求统一
参错中求平衡
玻璃的杯子,玻璃的缸
细颈的大瓶,古装的美人

泥色皮肤的少女
在弹奏古筝
如纱的衣裙
柔如梦,轻如云

深刻地观察对象
具备激越的感情
更有装饰画的趣味
力求朴素而又鲜明

坚持自己的风格
最痛恨守旧因循
在技法上不断探索
破除对传统的迷信

从石涛到白石老人
从塞尚到高更
不断地扩大视野

具有大无畏的精神

他所给予我们的
是他所最喜爱的
他以忠诚的心
唱出最美的歌声

但是在十年的灾难岁月
他受到"四人帮"的监禁
度过的是寂寞的痛苦
冷酷的迫害和无情的否定

如今已近八十的高龄
终于得到了平反改正
即使在遥远的异邦
对祖国的怀念更深沉

绘画领域中的抒情诗人
抱着最坚定的信心
离开了自由创作
谈不上艺术生命

一九七九年冬　北京

无题

秤和砣不可分离
轮和轴必须相连
舵加桨扬帆千里
天和地人在中间

没有法制的民主
打砸抢司空见惯
没有民主的法制
老子一个说了算

有法制也要民主
为防止封建特权
有民主也要法制
安定团结向前看

一九七九年十二月二十四日　北京

马赛

如今
无定的行旅已把我抛到这
陌生的海角的边滩上了。

看城市的街道
摆荡着，
货车也像醉汉一样颠扑，
不平的路
使车辆如村妇般
连咒带骂地滚过……
在路边
无数商铺的前面
潜伏着
期待着
看不见的计谋，
和看不见的欺瞒……
市集的喧声
像出自运动场上的千万观众的喝彩声般
从街头的那边
冲击地

播送而来……
接连不断的行人，
匆忙地，
跄跟地，
在我这迟缓的脚步旁边拥去……
他们的眼都一致地
观望他们的前面
——如海洋上夜里的船只
朝向灯塔所指示的路，
像有着生活之幸福的火焰
在茫茫的远处向他们招手
……
在你这陌生的城市里，
我的快乐和悲哀，
都同样地感到单调而又孤独！
像唯一的骆驼，
在无限风飘的沙漠中，
寂寞地寂寞地跨过……
街头群众的欢腾的呼嚷，
也像飓风所煽起的砂石，
向我这不安的心头
不可抗地飞来……
午时的太阳，
是中了酒毒的眼，
放射着混沌的愤怒
和混沌的悲哀……
它

嫖客般
凝视着
厂房之排列与排列之间所伸出的
高高的烟囱。
烟囱!
你这为资本所奸淫了的女子!
头顶上
忧郁的流散着
弃妇之披发般的黑色的煤烟……
多量的
装货的麻袋,
像肺结核病患者的灰色的痰似的
从厂旁的门口,
不停地吐出……看!
工人们摇摇摆摆地来了!
如这重病的工厂
是养育他们的母亲——
保持着血统
他们也像她一样的肌瘦枯干!
他们前进时
溅出了沓杂的言语,
而且
一直把繁琐的会话,
带到电车上去,
和着不止的狂笑
和着习惯的手势
和着红葡萄酒的

空了的瓶子。
海岸的码头上,
堆货栈
和转运公司
和大商场的广告,
强硬的屹立着
像林间的盗
等待着及时而来的财物。
那大邮轮
就以熟识的眼对看着它们
并且彼此相理解地喧谈。
若说它们之间的
震响的
冗长的言语
是以钢铁和矿石的词句的,
那起重机和搬运车
就是它们的怪奇的嘴。
这大邮轮啊
世界上最堂皇的绑匪!
几年前
我在它的肚子里
就当一条米虫般带到此地来时,
已看到了
它的大肚子的可怕的容量。
它的饕餮的鲸吞
能使东方的丰饶的土地
遭难得

比经了蝗虫的打击和旱灾
还要广大，深邃而不可救援！
半个世纪以来
已使得几个民族在它们的史页上
涂满了污血和耻辱的泪……
而我——
这败颓的少年啊，
就是那些民族当中
几万万里的一员！
今天
大邮轮将又把我
重新以无关心的手势，
抛到它的肚子里，
像另外的
成百成千的旅行者们一样。
马赛！
当我临走时
我高呼着你的名字！
而且我
以深深了解你的罪恶和秘密的眼，
依恋地
不忍舍去地看着你，
看着这海角的沙滩上
叫嚣的
叫嚣的
繁殖着那暴力的
无理性的

你的脸颜和你的
向海洋伸张着的巨臂,
因为你啊
你是财富和贫穷的锁孔,
你是掠夺和剥削的赃库。
马赛啊
你这盗匪的故乡
可怕的城市!

铁窗里

只能通过这唯一的窗,
我才能——
看见熔铁般红热的奔流着的朝霞;
看见潮退后星散在平沙上的贝壳般的云朵;
看见如浓墨倾泻在素绢上的阴霾;
看见如披挂在贵妇人裸体上的绯色薄纱的霓彩;
看见去拜访我底故乡的南流的云;
看见拥上火的太阳的东海的云;
看见法兰西绘画里的塞纳河上的晴空般的天;
看见微风款步过海面时掀起鱼鳞样银浪般的天;
看见狂热的夏的天,抑郁的春的天,飘逸而
又凄凉的秋的天;
看见寂寞的残阳爬上
　　延颈歌唱在屋脊上的鸠的肩背;
看见温煦的朝日在翩跹的鸽群底白羽上闪光;
看见夜游的蝙蝠回旋在沉重的暮气里……

只能通过这唯一的窗,
我才能举起——
对于海洋的怀念,

当碧空虚阔地展开的时候；
对于马雅可夫斯基底诗的太阳的怀念，
　　当炎阳投射在赤色的围墙上；
对于千万的伸着古铜般巨臂的新世界创造者
　　　的怀念
　　当汽笛的声音悠长而豪阔地横过；
对于秋的绯红的森林与萧萧芦洲的怀念，
　　在秋风里；
对于家乡底满山火焰般杜鹃花的怀念，
　　在传来的卖花声里；
对于坐着白漆艇荡过烟水森茫的湖的怀念，
　　当天空扬过一片云的白帆；
对于都市的汹嚣的夜的街道的怀念，
　　当墙外喧响过车声与人语；
对于被夕阳烫熨着的大地的怀念；
对于雪的怀念，
　　五月的秋的海的怀念；
对于一切在我的记忆里留过烙印的东西，都
怀念着……

只能通过这唯一的窗，
我才能举起仰视的幻想的眼波，
在迎迓一切新的希冀——
在黄昏里希冀皓月与繁星，
在深夜希冀着黎明，
在炎夏希冀凉秋，
在严冬又希冀新春，

这不断的希冀啊,
使我感触到世界的存在;
带给我多量的生命的力。
这样,
我才能跨过——
　这黎明黄昏,黄昏黎明,春夏秋冬,秋冬春夏的茫茫的时间的大海啊。

古宅的造访

静听这
从墙角传来的
角笛的悠长的声音……
在你那里
有个中世纪的巴黎
——远离了喧嚣
蛰伏在圣经里的巴黎。
当我这随着流动的时间
在不断的变形的少年
从遥远的旅舍
经了长长的散步
来到你的居家里时
真像那久久倦游的旅客
走进了一座异地的教堂
——在终日聒叫的城市当中
也得到片刻可贵的安息。
我走上暗暗的楼梯
你引我悄悄的进去
在宽大的无光的房里
回流着古木的气息；

我用感伤的凝视看着:
路易士朝式的家具
波斯纹彩的瓷器
和黑色雕花的书架上的
拉辛,莫利哀,雨果的全集。
当那静静的风
拂动了静静的白的窗帷,
你开始以微温的呼吸
嘘动你大波形的
单薄的胸间衣皱;
停滞在思索里的
幽默的蓝眼
在惴想我幽默的心怀;
你金黄的鬈鬈长发
在我的眼前
展开了一个
幻想的多波涛的海……
沉浸在淡紫的宇宙里,
你安详的摆动着你
丰满的圆润的胸脯
——那使我遥遥的想起
拉飞尔的
充满妩媚的日子……
我以迟缓的眼波
聆听你微颤的金声
给我传述:
神和人的故事

太阳的故事
哀罗丝的故事
和缪塞的诗篇里的
一滴眼泪变成
珍珠的故事……
让我无言的
和你对坐着
在古旧的遗梦里
做一个圣洁的
爱的悠长的漫游吧;
但是,你听呀
那古旧的木制的挂钟
它已露出学究的庄严,
诙谐的
用急促的鸡鸣的音调,
既欢迎我默默的到来
却又催我默默的归去……

我的季候

今天已不能再坐在
公园的长椅上，看鸽群
环步于石像的周围了。
惟有雨滴
做了这里的散步者；
偶尔听见从静寂里喧起的
它的步伐之单调而悠长的声响，
真有不可却的抑郁
袭进你少年的心头啊。
沿着无尽长的人行道，
街树枝头零落的点滴
飘散在你裸露的颈上；
伸手去触围着公园的
　　铁的栏栅，像执着
倦于憎爱的妇女之腻指，
使你感到有太快慰了的
新凉……
这是我的季候……
让我打着断续而扬抑起
直升到空虚里去的

音节之漫长的口哨，
向一切无人走的道上走去……
每当我想起了……初春之
过甚的浮夸，夏的傲慢的
炽烈，并严冬之可叹的
冷酷时，我愿岁岁朝朝
都挽住了这般的
含有无限懊丧的秋色。
乌黑的怨恨，金煌的情爱，
它们一样的与我无关；
而对于生命的挂怀，
和什么幸运的热望呀，
已由萧萧初坠的残叶，
告知你以可信的一切了。
秋啊！
你全般灰色的雨滴，
请你伴着我——为了我
已厌倦于听取那些
佯作真理的烦琐的话语——
和我守着可贵的契默，
跨过那
由车轮溅起了
污水的广场，往不知
名的地方流浪去吧！

给太阳

早晨,我从睡眠中醒来,
看见你的光辉就高兴;
——虽然昨夜我还是困倦,
而且被无数的恶梦纠缠。

你新鲜,温柔,明洁的光辉,
照在我久未打开的窗上,
把窗纸敷上浅黄如花粉的颜色,
嵌在浅蓝而整齐的格影里。

我心里充满感激,从床上起来,
打开已关了一个冬季的窗门,
让你把金丝织的明丽的台巾,
铺展在我临窗的桌子上。

于是,我惊喜地看见你;
这样的真实,不容许怀疑,
你站立在对面的山巅,
而且笑得那么明朗——
我用力睁开眼睛看你,

渴望能捕捉你的形象——
多么强烈！多么恍惚！多么庄严！
你的光芒刺痛我的瞳孔。

太阳啊，你这不朽的哲人，
你把快乐带给人间，
即使最不幸的看见你，
也在心里感受你的安慰。

你是时间的锻冶工，
美好的生活的镀金匠；
你把日子铸成无数金轮，
飞旋在古老的荒原上……

假如没有你，太阳，
一切生命将匍匐在阴暗里，
即使有翅膀，也只能像蝙蝠
在永恒的黑夜里飞翔。

我爱你像人们爱他们的母亲，
你用光热哺育我的观念和思想——
使我热情地生活，为理想而痛苦，
直到我的生命被死亡带走。

经历了寂寞漫长的冬季，
今天，我想到山巅上去，
解散我的衣服，赤裸着，
在你的光辉里沐浴我的灵魂……

黎明的通知

为了我的祈愿
诗人啊,你起来吧

而且请你告诉他们
说他们所等待的已经要来

说我已踏着露水而来
已借着最后一颗星的照引而来

我从东方来
从汹涌着波涛的海上来

我将带光明给世界
又将带温暖给人类

借你正直人的嘴
请带去我的消息

通知眼睛被渴望所灼痛的人类
和远方的沉浸在苦难里的城市和村庄

请他们来欢迎我——
白日的先驱，光明的使者

打开所有的窗子来欢迎
打开所有的门来欢迎

请鸣响汽笛来欢迎
请吹起号角来欢迎

请清道夫来打扫街衢
请搬运车来搬去垃圾

让劳动者以宽阔的步伐走在街上吧
让车辆以辉煌的行列从广场流过吧

请村庄也从潮湿的雾里醒来
为了欢迎我打开它们的篱笆

请村妇打开她们的鸡坶
请农夫从畜棚牵出耕牛

借你的热情的嘴通知他们
说我从山的那边来，从森林的那边来

请他们打扫干净那些晒场
和那些永远污秽的天井

请打开那糊有花纸的窗子
请打开那贴着春联的门

请叫醒殷勤的女人
和那打着鼾声的男子

请年轻的情人也起来
和那些贪睡的少女

请叫醒困倦的母亲
和她身旁的婴孩

请叫醒每个人
连那些病者与产妇

连那些衰老的人们
呻吟在床上的人们

连那些因正义而战争的负伤者
和那些因家乡沦亡而流离的难民

请叫醒一切的不幸者
我会一并给他们以慰安

请叫醒一切爱生活的人
工人,技师以及画家

请歌唱者唱着歌来欢迎
用草与露水所掺合的声音

请舞蹈者跳着舞来欢迎
披上她们白雾的晨衣

请叫那些健康而美丽的醒来
说我马上要来叩打她们的窗门

请你忠实于时间的诗人
带给人类以慰安的消息

请他们准备欢迎,请所有的人准备欢迎
当雄鸡最后一次鸣叫的时候我就到来

请他们用虔诚的眼睛凝视天边
我将给所有期待我的以最慈惠的光辉

趁这夜已快完了,请告诉他们
说他们所等待的就要来了

鱼化石

动作多么活泼,
精力多么旺盛,
在浪花里跳跃,
在大海里浮沉;

不幸遇到火山爆发,
也可能是地震,
你失去了自由,
被埋进了灰尘;

过了多少亿年,
地质勘探队员,
在岩层里发现你,
依然栩栩如生。

但你是沉默的,
连叹息也没有,
鳞和鳍都完整,
却不能动弹;

你绝对的静止,
对外界毫无反应,
看不见天和水,
听不见浪花的声音。

凝视着一片化石,
傻瓜也得到教训:
离开了运动,
就没有生命。

活着就要斗争,
在斗争中前进,
即使死亡,
能量也要发挥干净。

镜子

仅只是一个平面
却又是深不可测

它最爱真实
决不隐瞒缺点

它忠于寻找它的人
谁都从它发现自己

或是醉后酡颜
或是鬓如霜雪

有人喜欢它
因为自己美

有人躲避它
因为它直率

甚至会有人
恨不得把它打碎

帐篷

哪儿需要我们,
就在哪儿住下,
一个个帐篷,
是我们流动的家;

荒原最早的住户,
野地最早的人家,
我们到了哪儿,
就激起了喧哗;

探索大地的秘密,
要把宝藏开发,
架大桥、修铁路,
盖起高楼大厦;

任凭风吹雨打,
我们爱自己的家,
它是这样锐敏
反映祖国的变化;

换一个工地，
就搬一次家，
带走的是荒凉，
留下的是繁华。

希望

梦的朋友
幻想的姊妹

原是自己的影子
却老走在你前面

像光一样无形
像风一样不安定

她和你之间
始终有距离

像窗外的飞鸟
像天上的流云

像河边的蝴蝶
既狡猾而美丽

你上去,她就飞
你不理她,她撵你

她永远陪伴你
一直到你终止呼吸

山核桃

一个个像是铜铸的
上面刻满了甲骨文
也像是黄杨木雕刻
玲珑透剔、变化无穷
不知是天和地的对话
还是风雨雷电的檄文

图书在版编目（CIP）数据

艾青诗集 / 艾青著. --北京：人民日报出版社，2017.9（2019.4重印）
ISBN 978-7-5115-4894-8

Ⅰ. ①艾… Ⅱ. ①艾… Ⅲ. ①诗集－中国－当代 Ⅳ. ①I227

中国版本图书馆 CIP 数据核字（2017）第205270号

书　　名：艾青诗集
作　　者：艾　青

出 版 人：董　伟
责任编辑：陈　红
装帧设计：刘　晓

出版发行：人民日报出版社
社　　址：北京金台西路2号
邮政编码：100733
发行热线：（010）65369509　65369527　65369846　65363528
邮购热线：（010）65369530　65363527
编辑热线：（010）65369844
网　　址：www.peopledailypress.com
经　　销：新华书店
印　　刷：三河市恒升印装有限公司

开　　本：710 mm×1000 mm　1/16
字　　数：218千
印　　张：18
印　　次：2017年11月第1版　2019年4月第2次印刷

书　　号：ISBN 978-7-5115-4894-8
定　　价：28.00 元

书目表
SHU MU BIAO

书名	定价	书名	定价
童年	18.00 元	冯骥才精选集	28.00 元
名人传	20.00 元	张贤亮精选集	28.00 元
鲁滨孙漂流记	20.00 元	汪曾祺精选集	28.00 元
汤姆·索亚历险记	18.00 元	高晓声精选集	28.00 元
汤姆叔叔的小屋	16.00 元	沈从文精选集	25.00 元
假如给我三天光明	23.00 元	林海音精选集	25.00 元
泰戈尔诗集	20.00 元	林徽音精选集	18.00 元
老人与海	16.00 元	鲁迅精选集	21.00 元
金银岛	16.00 元	老舍精选集	20.00 元
瓦尔登湖	20.00 元	萧红精选集	21.00 元
在人间 我的大学	30.00 元	徐志摩精选集	21.00 元
战争与和平（上下）	70.00 元	朱自清精选集	21.00 元
母亲	24.00 元	艾青诗集	28.00 元
基督山伯爵（上下）	65.00 元	海子诗集	28.00 元
红与黑	28.00 元	迟子建精选集	28.00 元
堂吉诃德	40.00 元	毕淑敏精选集	29.00 元
三个火枪手	37.00 元	林夕精选集	28.00 元
简·爱	30.00 元	刘心武精选集	28.00 元
飘（上下）	58.00 元	贾平凹精选集	28.00 元
海底两万里	23.00 元	白洋淀纪事	29.00 元
古希腊神话与传说	31.00 元	唐诗三百首	25.00 元
钢铁是怎样炼成的	25.00 元	宋词三百首	31.00 元
复活	28.00 元	寂静的春天	20.00 元
呼啸山庄	20.00 元	我是猫	26.00 元
福尔摩斯探案集	37.00 元	给青年的十二封信	15.00 元
大卫·科波菲尔（上下）	52.00 元	谈美书简	18.00 元
巴黎圣母院	29.00 元	奇迹总会有	30.00 元
悲惨世界（上下）	65.00 元	三千里地九霄云	30.00 元
傲慢与偏见	20.00 元	顾城诗集	28.00 元
莎士比亚戏剧集	20.00 元	西游记（上下）	46.00 元
猎人笔记	22.00 元	水浒传（上下）	56.00 元
昆虫记	18.00 元	三国演义（上下）	40.00 元
镜花缘	31.00 元	红楼梦（上下）	56.00 元
四世同堂	59.00 元		